Pressefreiheit ist ein hohes Gut der Demokratie

Für André.

AF282603

Rue Mouffetard

Kriminalroman.

Impressum:

Roland Wiesdorf
Am Weinberg 4
66359 Bous
wiesdorf@gmx.de
ISBN: 978-3-7597-4248-3

Danke an:
Anna, Bea, Jasmin, Kay, Siwi, Thorsten
für Eure Inspirationen und Kritik.
Verlag: BoD • Books on Demand GmbH,
In de Tarpen 42, 22848 Norderstedt
Druck: Libri Plureos GmbH, Friedensallee
273, 22763 Hamburg

1.

Die Nebelfelder der Nacht erglühen allmählich im Rot der aufgehenden Morgensonne, und weite Landschaften ziehen mit rasanter Geschwindigkeit an mir vorbei.

In den schier endlosen Weizenfeldern, deren Ähren sich wie goldene Wellen im Wind bewegen, sieht man nur hin und wieder in der Ferne kleine Bauerndörfer, die so aussehen, als sei in ihnen irgendwann vor ein paar Jahrzehnten die Zeit stehengeblieben. Das monotone Rauschen des Zuges hat mich schläfrig gemacht, und ich genieße die Ruhe die diese Region ausstrahlt, bevor ich schon bald wieder in eine der quirligsten, lebendigsten und ganz gewiss eine der liebenswertesten Metropolen auf diesem Planeten eintauchen werde.

Die Geschwindigkeitsanzeige zeigt 320 km/h an, und der elegante TGV, ein langer Wurm aus Aluminium, Stahl und Glas in Silber und Blau, zieht seine Bahn in Richtung Westen.

Eben noch war ich in Saarbrücken, wo ich alte Freunde besucht hatte, und gleich werden die einsamen Felder abrupt von urbanen, sehr dicht besiedelten Vorstädten abgelöst, bis die Destination dieses Hochgeschwindigkeitszuges erreicht wird: Der Gare de L´Est, einer von sieben Fernverkehrsbahnhöfen von Paris.

Jetzt sieht man so weit das Auge reicht nur noch

sich schier endlos erstreckende Vorstädte. Zunächst passiert der TGV Bondy, dann Noisy-le-
Sec.

Mit flottem Tempo durchfährt man die Regional-
bahnhöfe, wo auf den Bahnsteigen zahlreiche
Menschen auf die Bahnen Richtung Paris warten, um in der französischen Metropole zu arbeiten, einzukaufen oder weiterführende Schulen
oder Universitäten zu besuchen.

Diese Vorstädte, man nennt sie in Frankreich
auch die Banlieus oder Cités, sind meist geprägt
von endlosen monotonen Betonwohnblöcken,
die zu Zeiten der Industrialisierung in den 50er
und 60er Jahren als Wohnraum für die Arbeiter-
schaft errichtet wurden.

Aber schon in den 70er Jahren, und besonders
nach der ersten Ölkrise, fand eine Deindustriali-
sierung statt, und Millionen Menschen verloren
ihre Jobs. In der Folge wandelte sich die Ein-
wohnerschaft und auch das Gesicht dieser
Cités.

Heute leben hier viele Nachfahren von Einwanderern der ehemaligen Kolonien, und die Ar-
beitslosigkeit ist sehr hoch. Besonders die Jugendlichen mit schlechter oder fehlender Schul-
bildung und Ausbildung sammeln sich hier. Es
sind junge Leute, die kaum eine Chance auf einen guten Job mit guter Bezahlung haben, es
sind die, die keiner haben will, es sind die ohne

Zukunft, es sind die, die eigentlich so gar nicht in das prächtige Paris passen, auf das die Franzosen doch so stolz sind. Ganze Straßenzüge sind inzwischen so heruntergekommen und von Gewalt geprägt, dass sogar die Polizei sie aufgegeben hat.

Der TGV wird langsamer, wir erreichen das Stadtgebiet, und schließlich den Gare de L´Est. Kurz vor Einfahrt in den Bahnhof ergibt sich für ein paar Sekunden ein Blick auf den Hügel von Montmartre, und auf die wie eine Königin in strahlendem Weiß darauf thronende Basilika de Sacré Cœur, die noch sehr jung ist.

Der Bahnhof, ein sehr schönes Gebäude mit vielen Shops und einer unterirdischen Métrostation, ist wie immer quirlig und belebt.

Von hier aus kann ich sogar zu Fuß zu meinem Appartement gehen, es liegt wie der Bahnhof im 10ème Arrondissement, in der Rue du Château d´Eau.

Für mich ist das Alles wie ein „back to the roots", ein zurück zu den Wurzeln, denn ich habe schon einmal in Paris gelebt und gearbeitet.

Mein Name ist Ronald Crawford, aber meist werde ich einfach nur „Ron" genannt, und ich arbeite seit vielen Jahren als Journalist und Fotograf für den New York Chronicle, eine der großen Tageszeitungen in New York City. In den vergangen Jahren habe ich zuerst für die Lokalredaktion in Manhattan, und dann für die Südasien-Redaktion in Hongkong gearbeitet.

Mein Job ist mein Leben, denn unabhängiger Journalismus ist für mich mehr denn jeh ein wesentlicher Pfeiler jeder freien Gesellschaft.

Man sagt mir einen starken Gerechtigkeitssinn, und eine gute Nase für Ungereimtheiten nach, und das ist einerseits gut so, und es freut mich auch, aber meine Recherchen haben mich auch schon wiederholt in ernste Gefahr gebracht. Die Schussnarbe auf meiner Brust erinnert mich jeden Tag daran. Denn eines ist klar: Wenn man bei seinen Recherchen irgendwelchen Politikern, Industriellen, oder sonstigen „hohen Tieren" auf den Zahn fühlt, dann hat man sich sehr schnell Feinde gemacht. Mächtige Feinde. Feinde mit Geld, und mit genügend Geld kann man fast alles tun, um jemand mundtot zu machen.

Aber jetzt bin ich wieder hier, in meinem Paris, zurück von einem Besuch bei meinen Saarländischen Freunden.

Gut gelaunt gehe ich die Rue du Faubourg Saint-Denis herunter, aber bevor ich in mein Appartement gehe, schaue ich erst mal bei André in der Brasserie Au Faubourg vorbei. André arbeitet gefühlt seit hundert Jahren im Au Faubourg, und manchmal glaube ich, dass er schon irgendwie festgewachsen ist hinter seinem Tre-

sen. Er ist einer dieser typischen Pariser Bier-
zapfer und Kellner, mit seinem rustikalen
Charme. Er kennt seine Gäste, und seine
Stammgäste sind auch seine Familie. Wir verstehen uns sehr gut, ja, wir mögen uns, auch
wenn wir manchmal kaum miteinander reden,
was auf Außenstehende vielleicht etwas merk-
würdig wirken mag. Macht aber nichts. Ist uns
doch egal. Also betrete ich die Brasserie, die wie
immer schon am frühen Vormittag gut besucht
ist. Vor dem Tresen zeugt eine stattliche Menge
von Krümeln davon, dass heute schon einige
Leute aus diesem Quartier hier ihre Croissants
und ihren Café hatten.

„Salu Ron, un Grand Créme?" ist die knappe Begrüßung von André. „Salu André, un Grand Créme et un Croissant, s´il te plaît!" ist meine ebenso knappe Antwort. Wie gesagt, wir brauchen
nicht immer viele Worte. Und so genieße ich
mein kleines Frühstück, und durch die offene
Tür höre ich den vertrauten lebendigen Ge-
räuschpegel, und ich rieche den typischen Geruch meines Quartiers, hier im 10ème Arrondissement im Osten von Paris. Schön, wieder hier
zu sein.

Es kommt dann doch noch zu einem kurzen Gespräch mit André, und ich berichte ihm, dass ich
am nächsten Tag wieder zu arbeiten beginne
und erst einmal in die Redaktion fahren werde,
um mit meiner Chefredakteurin die bevorstehen-
den Recherchen und Berichte zu besprechen.

Mit einem „à bientôt" verabschiede ich mich schließlich von André und trete den Heimweg an, der nur wenige Minuten zu Fuß dauert. Der Weg durch die belebte Rue du Faubourg Saint-Denis ist immer auch eine ideale Gelegenheit, Einkäufe zu erledigen – besonders dann, wenn man es, so wie ich, etwas exotisch mag. Diese Gegend ist geprägt von vielen unterschiedlichen Kulturen, geprägt von Nachkommen der Einwanderer aus den ehemaligen Kolonien Frankreichs und vielen anderen Ländern. Im kleinen Lebensmittelladen, der von einer Familie aus Madagaskar geführt wird, kaufe ich immer gerne Obst und exotische Knabbereien ein, so auch heute Vormittag.

Und wie immer duftet es verführerisch gut aus der algerischen Hähnchenbraterei, und wie so oft schaffe ich es nicht einfach so daran vorbei zu gehen, und Minuten später sind köstlich duftende und knusprig gegrillte Geflügelteile in meiner Einkaufstasche. Mit einem extrabreiten Grinsen verabschiedet sich Farid, der stets freundliche und sehr gesprächige Metzger von mir. Ganz gewiß bin ich einer seiner besten Kunden, denn auch seine Merguez sind sensationell. Gerne lasse ich mir von ihm auch eine Flasche exzellenten algerischen Rotwein aufnötigen. Bestens gelaunt komme ich an meinem Appartement, man könnte auch etwas sarkastisch sagen, meinem Wohnklo mit Kochnische, an. Es ist eines dieser durchaus romantischen, aber auch gnadenlos überteuerten Appartements in einer Mansarde im Dachgeschoss. Paris ist schön, und hat auch immer noch seinen ganz besonderen, ganz typischen Charme, aber hier zu wohnen ist auch exorbitant teuer. Denn wie viele Menschen hier bin ich bereit, diesen Preis zu zahlen, denn ich fühle mich wohl hier.

Und so ruhe ich mich aus, genieße die gegrillten Köstlichkeiten und die Entspannung, und faulenze noch ein wenig, bevor ich mich morgen wieder in die Arbeit stürzen werde.
Welche Recherche wird wohl auf mich zukommen? Wird es Routine sein? Oder wieder einmal ganz spannend? Wir werden sehen.

2.

Das erste Licht der aufgehenden Sonne leuchtet mir durch die Schlitze in den typisch französischen Blech-Fensterläden in die Augen. Auf dem Tisch steht noch die angebrochene Flasche algerischer Rotwein. Viel ist nicht mehr drin.

Prinzipiell bin ich morgens schnell wach und gut gelaunt, aber es gibt da etwas, dass mir jeden einzelnen Tag so richtig auf die Nerven geht: Die Dusche in meinem Altbau-Appartement!

Es dauert ewig, bis mal warmes Wasser ankommt, es faucht und blubbert aus dem hoffnungslos verkalkten Duschkopf, und die wenigen kümmerlichen Wasserstrahlen machen selbst das Waschen meines inzwischen sehr spärlichen und kurzgeschorenen Haupthaares fast unmöglich.

Und dann geschieht es wieder: Der alte, inzwischen nostalgische Duschvorhang ist mal wieder ganz besonders anhänglich, und will ständig irgendwo an meinem Körper festkleben.

So charmant die alten typisch französischen Stadthäuser auch aussehen mögen, hinter vielen Fassaden steckt noch immer uralte Haustechnik. Der Sanierungsbedarf ist immens, und die ohnehin hohen Mieten würden nach Modernisierungsarbeiten wohl noch mehr in die Höhe schießen. Aber was soll's? Ich liebe diese Stadt, ich liebe meine kleine Mansarde, die sich jeden Sommer in eine Sauna verwandelt, und ganz besonders liebe ich den Blick aus meinem Fenster über die Dächer meines Quartiers mit den typischen, unzähligen kleinen Kaminen aus rotem Ton.

Nachdem ich mich fertig gemacht habe und wieder todesmutig dem Uralt-Aufzug, einem winzigen Drahtkäfig mit quietschender Ziehharmonikatür, mein Leben anvertraut habe, gehe ich durch meine Straße zur Métro Station Château d ´Eau.

Zur Redaktion nehme ich immer die Métro Linie 4 bis zur Station Saint-Germain-des-Prés.

Das Büro unserer Redaktion befindet sich in der ersten Etage eines Gebäudes am Boulevard Saint-Germain. Das ist ganz praktisch, denn es ist nicht so weit von der Nationalversammlung entfernt, und dieses Viertel liegt „rive gauche" im 6. Arrondissement von Paris und gehört eindeutig zu den „besseren Vierteln" der Stadt.

Hier befindet sich die Abtei Saint-Germain-des-Prés, die älteste Kirche der Stadt, und der wunderbare Park Jardin du Luxembourg, mit seiner romantischen Brunnenanlage „Fontaine Médicis", einem Ort, wo wahrscheinlich schon viele Liebesschwüre geschworen wurden. Sorry, aber in Paris gibt es eben viele romantische Ecken...

Und in diesem Viertel gibt es noch zwei weitere weltbekannte Adressen: Das noble Café „Les deux Magots", und das „Café de Flore". In diesen Cafés sollen die berühmten Schriftsteller Albert Camus und Ernest Hemingway Stammgäste gewesen sein. Heute ziehen diese alt-ehrwürdigen Etablissements Scharen von Touristen aus aller Welt an, ständig machen breit grinsende chinesische Liebespärchen Selfies mit ihren Smartphones, und man hört fast mehr deutsche oder japanische Gespräche als französische.

In den Büros der Redaktion herrscht schon wieder - oder immer noch - Hochbetrieb. Eine Tageszeitung will alle 24 Stunden mit Informationen gefüttert werden, und hinter vielen Informationen und Meldungen steckt viel Arbeit. Es muss recherchiert werden, Interviews werden geführt, Fotos gemacht, Texte geschrieben. Dann kommt das Layout, die Korrekturen, und vieles mehr, bis die Arbeit getan ist und die digitalen Druckvorlagen ins Verlagshaus des Chronicle in New York gesendet werden können. Und wenn es ganz dumm läuft, verdrängt ein aktuelles Weltgeschehen einen ganzen Artikel unserer Redaktion, und die Arbeit war ganz umsonst!

Durch den Zeitunterschied von sechs Stunden zwischen New York und Paris wird hier sowieso zu ziemlich ungewöhnlichen Zeiten gearbeitet.

Deshalb ist bei uns immer etwas los, und selbst wenn ich einmal um 2 Uhr nachts oder Sonntags früh um 5 Uhr die Redaktion betrete: Immer ist jemand da, immer wird telefoniert, es werden Mails geschrieben und Fotos werden ausgewählt und bearbeitet. Die Nachrichtenwelt kennt keinen Stillstand, kennt keine Langeweile, und sie ist immer für eine Überraschung gut, und gerade das ist es, was mir gefällt!

Mein Job ist mehr als nur Geld verdienen für den Lebensunterhalt, er ist meine Leidenschaft, oder wie ich es manchmal sage: Er ist das Salz in der Suppe meines Lebens!

Dann höre ich hinter mir eine mir sehr vertraute Frauenstimme. Diese Stimme ist markant und für eine Frauenstimme recht tief, aber ungewöhnlich wohlklingend. Sie wirkt souverän und bestimmt zugleich. Mit einem coolen „Hi Ron" begrüßt mich Hélène, unsere Chefredakteurin.

Dass Hélène in unserer Redaktion ganz zurecht „der Boss" ist, hat sie schon oft bewiesen. Mit ihrem messerscharfen Verstand und ihrer Empathie - eine Mischung, die nicht ganz selbstverständlich ist, macht Sie ihren Job mit Bravour.

Hélène ist in New York geboren, kam aber als Kind mit ihren Eltern nach einigen anderen Stationen in Europa nach Paris. Sie spricht fließend Englisch, Französisch und Deutsch und hat auf einer der sogenannten „Grandes Ecoles", also einer Elite-Hochschule, studiert.

Ich drehe mich also um und erwidere Ihre Begrüßung mit einem ebenso coolen „Hi Hélène". Und da steht sie nun vor mir, wie man es von ihr gewohnt ist, und genau so wie ich mir eine elegante Dame von Welt in Paris vorstelle.Und auch genau so wie ich es mag, denn bekanntermaßen bin ich ein Genießer.

Hélènes ohnehin schönes Gesicht wird von einem dezenten und mit Sorgfalt aufgetragenem Make up betont. Da ist nichts Grelles, nicht Aufdringliches, da ist nur geschmackvolle Eleganz. Ihr langes, tiefschwarzes, glänzendes Haar ist - wie fast immer - zu einer Art Schnecke auf dem Hinterkopf frisiert. Heute trägt sie ein tiefgrünes Kostüm mit einem Rock, der ihre Knie bedeckt, dazu anthrazitfarbene Strümpfe und schwarze Schuhe mit mittelhohem Absatz.

Unter der elegant sitzenden Jacke blitzt eine blütenweiße Bluse hervor, und ihr Dekolleté ist mit einer schlichten Perlenkette geschmückt. Diese elegante Frau passt einfach perfekt zu Paris, denke ich.

„Hélène", sage ich, „Du siehst wieder einmal umwerfend aus!"

„Merci, Ron" erwidert sie mit ihrem unwiderstehlichen Lächeln, und ergänzt: „Na, dann komm mal mit in mein Büro, ich habe einen Auftrag für dich." Als ich ihr in ihr Büro folge, bemerke ich den Duft, den sie heute trägt. Ich glaube „Ma petite Robe Noir" von Guerlain zu erkennen. Die Dame hat Geschmack!

„Es geht um die Rue Mouffetard", berichtet mir Hélène, und das Lächeln auf ihrem Gesicht weicht einer sehr ernsten Miene.
Die im 5ème Arrondissement gelegene Rue Mouffetard, oder „La Mouffe", wie die Pariser sie nennen, ist eine der ältesten Straßen von Paris. Sie wurde erstmals im 13. Jahrhundert erwähnt, als das heutige Paris noch ein Dorf war und Lutetia hieß. Heute ist La Mouffe eine belebte Marktstraße.

„Was soll da los sein?", frage ich etwas ungläubig, „da gibt's doch nur Marktstände und Läden." Viele sind schon seit Generationen dieser alten Pariser Straße.

Hélène erzählt mir von Berichten einiger Anlieger, denen zufolge bei den Ladenbesitzern und Marktstandbetreibern die Angst umginge. In der letzten Zeit gab es immer wieder Fälle von Vandalismus und Bedrohungen.

Die Anfeindungen gegenüber den Gewerbetreibenden dort, die überwiegend kleine Familienbetriebe sind, gipfelten schließlich in einem Brandanschlag auf eine kleine Poissonerie, bei dem das ganze Inventar, inklusive der Kühlanlagen für den Fisch und die Meeresfrüchte samt Inhalt, verbrannten.

Das Vorgehen ähnelte dem der Mafia im Falle von Schutzgelderpressungen, wenn die Opfer nicht mehr bereit sind zu zahlen, ergänzt Hélène, und gibt mir den Auftrag, mit Recherchen zu beginnen.

Mit einem knappen „Okay, ich bin dran", verabschiede ich mich von Hélène. Von meinem Schreibtisch schnappe ich mir meine Kamera, Notizbuch und Diktiergerät und mache mich auf den Weg. Der Fall klingt interessant, denke ich, auf jeden Fall besser, als über ein Golfturnier von irgendwelchen Neureichen oder einen Kaninchenzüchterverein zu berichten.

Das Wetter ist heute sehr angenehm, und ich beschließe, den kurzen Weg von unserer Redaktion zur Rue Mouffetard zu Fuß zu gehen.

Die Strecke führt vorbei an gepflegten typisch Pariser Stadthäusern und durch das Universitätsviertel der Sorbonne.

Das Ziel Rue Mouffetard ist mir ohnehin gut bekannt, ich freue mich darauf, und der Grund dafür ist ganz einfach: La Mouffe ist die reinste Schlemmermeile! Es gibt dort alles, was das Herz begehrt, oder sagen wir treffender: Alles was Zunge und Magen begehren!

Die Marktstände und kleinen Läden bieten einen Überblick über die gesamte kulinarische Vielfalt Frankreichs! Es gibt Stände mit frischem Fisch und Meeresfrüchten aller Art, Stände mit feinstem Obst und Gemüse, mit Fleisch und Wurstwaren, und natürlich auch Stände mit einer geradezu unglaublichen Auswahl an französischen Käsespezialitäten, die durchaus zurecht in der ganzen Welt bei Gourmets bekannt und begehrt sind.

Und dann sind da auch noch die vielen fertigen Gerichte zum Mitnehmen. Es duftet verführerisch gut nach Petit Salé mit Linsen, nach Bouillabaisse, nach Coq au Vin, Couscous, gegrilltem Geflügel und vielem mehr.

Wenn sich jemand fragt, wie es zu der Redewendung „Leben wie Gott in Frankreich" kam - hier findet man die Antwort!

Da es inzwischen Mittagszeit ist, kaufe ich mir in der kleinen Boucherie-Charcuterie „Bruno Lefebre", einer traditionellen Metzgerei, ein Stück Quiche Lorraine und komme dabei auch gleich mit dem Metzger ins Gespräch.

Als ich mich ihm vorstelle, und ihm sage, worum es geht, wird der freundliche Mann augenblicklich sehr ernst.

„Die Angst geht um, in unserem Quartier", sind die ersten Worte seines Berichtes. Er erzählt mir, dass seine kleine Metzgerei schon seit drei Generationen in der Mouffe existiere, und er selbst schon seit 1976 das Geschäft betreibt. Im

Gegensatz zu manchen anderen Quartiers von Paris sei es immer sehr sicher und friedlich hier zugegangen. Keine Schmierereien an den Wänden, keine Sachbeschädigungen oder Überfälle. Außer ein paar kleinen Diebstählen habe es hier nie nennenswerte Probleme gegeben.

Aber seit kurzer Zeit habe sich die Situation verändert. Urplötzlich seien ein paar Jugendliche in den Laden gekommen, hätten unvermittelt ein Regal mit Waren umgeworfen und wären danach in Windeseile in der Menge der Passanten verschwunden. Auf meine Nachfrage hin, ob er sich einen Grund für diese veränderte Situation erklären könne, bekomme ich nur ein unbeholfenes Schulterzucken als Antwort. Ich bedanke mich für die Auskünfte, hinterlasse Bruno meine Visitenkarte und verlasse den Laden.

Ich bin erst ein paar Schritte gegangen, und noch bevor ich in meine Quiche beißen kann, höre ich hinter mir die Stimme des Metzgers: „Monsieur, können Sie nochmal kommen, uns ist noch etwas eingefallen!"

Mit eiligen Schritten kehre ich zurück zur Metzgerei und betrete mit dem Metzger erneut den kleinen Laden, in dem jetzt auch eine Frau anwesend ist.

„Das ist meine Frau, Claudine", stellt Bruno mir die Frau vor.

„Ich habe ihr gerade von Ihrem Besuch und Ihrem Anliegen erzählt, und ihr ist noch etwas dazu eingefallen".

Obwohl sonst niemand in dem kleinen Laden ist, blickt die Frau immer wieder verängstigt zur Eingangstür.Zögernd beginnt sie zu erzählen.

Claudine berichtet von wiederholten Besuchen von jungen Männern vor einigen Wochen. Es seien keine Leute aus dem Viertel gewesen, und auch keine Touristen, das habe man schon an der Kleidung gesehen. Sie seien stets in recht teuer aussehenden dunklen Anzügen gekleidet gewesen, meist mit dunklen Sonnenbrillen, die sie auch im Laden nicht abgesetzt hätten. „Ziemlich unangenehme Typen", ergänzt Claudine. Die Männer hätten mehrfach gefragt ob der Laden und die dazugehörende Immobilie zu verkaufen sei, was Claudine jedoch stets verneinte.

Beim letzten Besuch dieser Typen sei die Stimmung richtig aggressiv gewesen, und einer der unangenehmen Besucher hätte beim Verlassen des Ladens nur „Sie werden schon sehen, was Sie von Ihrer Sturheit haben" gebrummt, bevor er die Ladentür hinter sich zugeknallt hat.

Nachdem ich mir einige Notizen gemacht habe, bedanke ich mich bei den beiden, und verlasse den urigen kleinen Laden.

Vor der Tür bleibe ich noch eine Weile stehen

und betrachte die kleine Metzgerei von außen.
Gut, dass die beiden nicht verkauft haben, denke ich. Diese kleine Metzgerei ist einer der alten, typisch französischen Läden, die ebenso wie viele alte Boulangerien in Paris und überall in Frankreich einen ganz besonderen, nostalgischen Charme haben.
Es sind eben nicht diese zahllosen und seelenlosen Discounter, die sich leider auch in Paris immer mehr verbreiten.

Es ist eben keine „Verkaufsstelle" für Fleisch- und Wurstwaren, wo im Regal in Styropor und Folie verpacktes Billigfleisch und unnatürlich aussehende Wurstwaren zu Dumpingpreisen angeboten werden, sondern ein Handwerksbetrieb wie vor Jahrzehnten. Man kennt seine Lieferanten, man kennt die Herkunft des Fleisches, und vor allem man kennt - und man mag - seine Kundschaft.

So zu arbeiten und zu Handeln ist mehr als nur ein Job, es ist im wahrsten Sinne des Wortes eine Berufung, eine Art zu leben, ein gutes Stück Kultur.

Und auch die Kundschaft dieser traditionellen Läden ist eine Andere als die typische Kundschaft der Discounter.

Für viele der Leute, die hier einkaufen, geht es um mehr. Es geht um persönliche Ansprache, um Freundlichkeit, um Qualität. Es geht für viele hier um gute alte französische Traditionen, und es geht nicht immer nur um den Preis einer Ware, sondern um Wertigkeit, Genuss und Kultur.

Nachdenklich gehe ich weiter und komme endlich in den Genuss meiner Quiche Lorraine, in die ich jetzt herzhaft hineinbeiße.

Den französischen Genüssen gebe ich mich oft und gerne hin, was man mir leider auch etwas ansieht.

Meine Gedanken kreisen um die Geschehnisse hier in der Rue Mouffetard, auf die ich mir noch keinen Reim machen kann.

3.

Nach ein paar Schritten komme ich zu der kleinen Poissonerie, oder besser gesagt, zu dem, was von dem Laden noch übrig ist.

Der Laden und der Gehweg davor sind noch mit Flatterbändern der Police Nationale abgesperrt. Schon von außen bietet sich mir ein Bild des Schreckens und der Verwüstung.

Von Schaufenster und Eingangstür ist nur noch ein Meer von rußgeschwärzten Scherben übrig, und im Innenraum kann man die verbrannten und verformten Überreste der Kühltheke erkennen. Aus dem Raum dringt noch immer beißender Brandgeruch in meine Nase. Da wo zuvor der Geruch von Fisch und Meeresfrüchten in der Luft lag, herrscht jetzt der Gestank von Feuer und Verwüstung. Ein herzzerreißendes trauriges Bild.

Während ich diese schlimme Szenerie eingehend betrachte, höre ich leise das Weinen und Schluchzen einer Frau. Ich richte meinen Blick in Richtung der Geräusche und entdecke eine junge Frau, sie mag etwa Mitte dreißig sein, die ganz hinten in dem ehemaligen Laden hinter einem halb verkohlten Schreibtisch kauert.
Schnell schlüpfe ich unter dem Absperrband hinein und bahne mir meinen Weg durch die Trümmer hin zu der Frau.

Sie trägt eine Latzhose und ein Sweatshirt, die beide völlig voller Ruß und Schmutz sind.

Als Sie mich bemerkt, schaut sie mir erschrocken ins Gesicht. Ihre Augen sind gerötet und verweint, was sicherlich auf den Staub, aber auch auf Schmerz und Verzweiflung zurückzuführen ist. Für einen Moment herrscht Schweigen, und das Bild dieses Häuflein Elends brennt sich in mein Gedächtnis ein. Es gibt Bilder, die man sein Leben lang ganz sicher nicht vergessen kann - selbst wenn man möchte. Dieses Bild ist ein solches.

Dann unterbricht die junge Frau das Schweigen, fragt mich mit heiserer und unsicherer Stimme wer ich bin und was ich hier will.

Ich stelle mich als Journalist der Pariser Redaktion des New York Chronicle vor, entschuldige mich für mein sicherlich unbefugtes Eindringen, und begründe dies mit meiner Annahme, dass sie eventuell Hilfe bräuchte.

Ein paar Atemzüge später, die Frau hat sich etwas beruhigt, nennt sie mir ihren Namen. Sie heißt Marie Morel, und ist die Inhaberin des kleinen Fischladens.

Sie bemerkt meinen fragenden Gesichtsausdruck und beginnt zu erzählen. Sie habe den alteingesessenen Fischladen vom Vorbesitzer, Monsieur Muller, übernommen, der aus Altersgründen aufgeben musste. Monsieur Muller, der schon lange verwitwet war, hatte zwar Kinder, aber keines hatte Interesse daran den Laden zu übernehmen. Ihnen erschien ein Leben als Fischhändler anscheinend wenig erstrebenswert.

„Es ist ja auch kein Zuckerschlecken", sagt mir Marie mit einem etwas hilflosen Lächeln. Man müsse schon ganz früh morgens, es ist eigentlich noch Nacht, auf dem großen Pariser Fisch-Großmarkt Ware einkaufen, in den Laden bringen, und dann stundenlang hinter der Theke stehen, sich danach noch mit Buchhaltung und so weiter beschäftigen. Es sei ein hartes Geschäft, in dem es keine 35-Stunden-Woche gäbe wie bei einem Job in einer französischen Fabrik.

Aber es sei ihr Traum gewesen, selbstständig zu sein, einen eigenen Laden zu haben, mit hochwertigen Lebensmitteln zu arbeiten, und etwas Eigenes und nicht alltägliches zu schaffen. Und dass ihr das ausgerechnet auch noch mitten in Paris, in der Rue Mouffetard, gelingen würde, hätte sie sich selbst in ihren kühnsten Träumen nicht schöner vorstellen können.

„Es ist für mich schon etwas ganz anderes, einen in Folie verschweißten Fisch aus einer Kühltheke beim Discounter ohne jegliche Beratung zu verkaufen, als eine exquisite und abwechslungsreiche Auswahl feinster tagesfrischer Fische, Krustentiere und anderer Meeresfrüchte mit Beratung an qualitätsorientierte und treue Kundschaft", berichtet Marie, und ich nicke zustimmend. Marie und ihr kleiner Fischladen passen gut in die bei allen Pariser Gourmets beliebte Rue Mouffetard, denke ich. Und sie wird der Straße fehlen, so wie der kleine Laden ihr sehr fehlen wird.

Nachdenklich mache ich mir einige Notizen. Minutenlang spricht niemand ein Wort, als plötzlich eine rauhe und aggressive Männerstimme die Stille zerreißt.

„Ich bin mir ziemlich sicher, dass Sie hier nichts verloren haben! Wer sind Sie?" höre ich hinter mir, und als ich mich umdrehe, sehe ich ein sehr ungleiches Paar:
Einen stämmigen Mittfünfziger mit einem kantigen Schädel, der auf einem kräftigen Stiernacken ruht. Sein Gesicht ist faltig, sein Blick ist stechend wie der einer Raubkatze vor dem Sprung auf die Beute. Ein großer dunkler Vollbart lässt den Riesen noch unheimlicher erscheinen.

Neben ihm steht eine junge Frau, sie mag wohl Ende zwanzig sein. Sie ist schlank, und ihr Äußeres erinnert mich an die Sängerin Sade. Vermutlich sind ihre Wurzeln irgendwo in Algerien zu finden, das lange Zeit von den Franzosen beherrscht wurde. Vor der Unabhängigkeitserklärung des Landes im Jahre 1962 sind viele Algerier nach Frankreich ausgewandert, und gerade in den großen Städten findet man heute viele Menschen aus dem nordafrikanischen Land, dessen Territorium weite Teile der Sahara und des Atlas Gebirges umfasst.

„Und mit wem habe ich die Ehre?" frage ich den kräftigen Mann.

„Ich bin Albert Dalmasso, Hauptkommissar der Police Nationale, und das ist meine Kollegin, Kommissarin Hafida Saidi!"

Noch bevor ich etwas anderes außer meinem Namen entgegnen kann, verlangt der Kommissar meinen Ausweis. Ich reiche ihm auch noch meinen Presseausweis, und er betrachtet beide Dokumente mit einer abfälligen Miene.

Dann bekomme ich erst mal einen richtigen Anpfiff von dem Mann. Ob ich wohl denken würde, das Absperrband hänge nur zur Dekoration da. Er macht mir außerdem nochmal klar, dass ich mich unbefugt am Tatort eines Verbrechens befände.

Ich entschuldige mein Eindringen damit, dass ich angenommen habe, die junge Frau benötige Hilfe, was der Hauptkommissar direkt als plumpe Ausrede einstuft „Sie wollten hier herumschnüffeln, sonst nichts. Ihr Presseleute seid doch immer nur auf schnelle Schlagzeilen aus!", bafft er mich an.

Mit einem „Ist bei Ihnen alles in Ordnung, Madame Morel? Hat er Sie belästigt?" wendet er sich an Marie, die immer noch auf den Trümmern hinter ihrem Schreibtisch kauert.

Sie erklärt dem Hauptkommissar, dass alles okay sei, und dass sie keinen Ärger mit mir hätte.

Während der ganzen Zeit verhält sich die junge Kommissarin ruhig und bleibt im Hintergrund.

Ich frage den Hauptkommissar ob es schon erste Spuren gäbe, ob man schon wisse, in welche Richtung man ermitteln müsse.

Und diese Frage gefällt dem offensichtlich cholerischen Hauptkommissar gar nicht.

Sein aggressiver Gesichtsausdruck und der Blick aus seinen irgendwie wilden Augen lässt ihn noch bedrohlicher wirken.
Ich muss mir daraufhin anhören, dass mich das gar nichts anginge, und ob wir in Frankreich jetzt schon so weit seien, dass Journalisten, und dazu noch welche aus Amerika, den Job der Kriminalpolizei übernehmen wollten.

Jede weitere Frage kann ich mir sparen, denke ich verärgert.

Dann jedoch stellt Marie Morel fast wortgleich dieselbe Frage, was den Blutdruck von Hauptkommissar Albert Dalmasso dem Anschein nach noch weiter in die Höhe treibt.

Er atmet ein paarmal durch, und ich erwarte eine weitere raubeinige Abfuhr von dem Mann, aber dann beantwortet er einigermaßen ruhig die Frage von Marie. Er gehe davon aus, dass eine Jugendbande aus den Banlieus dahinter stecken würden. Junge Männer nordafrikanischer Herkunft wären nur zu oft in Vandalismus, Erpressung und Drogenhandel verstrickt.

Ich berichte dem Hauptkommissar von meiner Unterhaltung mit dem Ehepaar Lefebre und deren unangenehmen Erlebnissen bei den Besuchen gut gekleideter Männer. Dalmasso winkt nur ab. Es sei ganz normal, dass in Paris, wo die Immobilienpreise zu den höchsten in ganz Europa zählen, immer wieder mal Immobilienmakler versuchen würden, an ein interessantes Objekt zu gelangen. Leider würden diese manchmal etwas zu forsch auftreten, aber bisher sei das stets folgenlos geblieben.

Hauptkommissar Dalmasso berichtet weiter, dass man die Spur der Jugendbanden aus den Banlieus weiter verfolgen wird, und dass er davon ausgeht, dass diese Tat mit einigen Automatenaufbrüchen und Überfällen im umliegenden Stadtviertel in Zusammenhang steht.

Die Ermittlung würde dann sofort seine junge Kollegin, Kommissarin Hafida Saidi, übernehmen. Mit einem verächtlichen Grinsen fügt er hinzu, sie käme ja aus dem selben armseligen Umfeld wie die mutmaßlichen Täter.

Ich schaue zu Kommissarin Saidi herüber. Sie verzieht keine Miene, aber ich bin sicher, dass sie vor Wut innerlich kocht, und ich bin mir ebenso sicher, dass diese junge Polizistin unter diesem Chef nichts zu lachen hat.

Noch bevor ich etwas sagen oder mich verabschieden kann, wirft mich Dalmasso mit einem lauten „Und jetzt raus hier, sonst spendier' ich Ihnen eine kostenlose Nacht auf Staatskosten in einem Untersuchungsgefängnis" raus. Als ich mich durch die Trümmer an dem unangenehmen Mann vorbeidränge, zische ich im noch ein „Versuchen Sie es doch mal, Sie machen mir keine Angst" zu. Entgegen meiner Erwartungen verkneift sich Dalmasso jegliche Erwiderung.

Beim Hinausgehen stecke ich der jungen Kommissarin noch schnell und unbemerkt meine Visitenkarte zu.

Mir reicht es für heute, denke ich, und mache mich auf den Weg zurück in unsere Lokalredaktion am Boulevard Saint Germain.

Ich berichte meiner Chefredakteurin Hélène von meinen Erlebnissen und Ergebnissen, und sie ist damit ebenso unzufrieden wie ich.

Wir besprechen noch ein paar kleinere Artikel für die nächste Ausgabe, dann mache ich mich auf den Heimweg.

Wie fast immer nehme ich ab der Métro Station Saint-Germain-des-Pres die Linie 4 bis in mein Viertel im 10. Arrondissement zur Station Strasbourg-Saint-Denis. Eine Station weiter, bis Chateau d´Eau, wäre zwar etwas näher an meinem Appartement, aber ich möchte noch ein paar Schritte laufen, und außerdem brauche ich nach diesem Tag noch etwas für Bauch und Seele.
Also gehe ich die Rue Faubourg-Saint-Denis hinauf und betrete den kleinen Metzgerladen von Farid.

„Salu, Farid", begrüße ich den freundlichen Mann, und ergänze „heute brauche ich etwas Soulfood". „Soulfood? Was ist denn das?", fragt Farid mit einer fragenden Miene. Mit dem Begriff Soulfood kann Farid, der ja algerischer Abstammung ist, natürlich überhaupt nichts anfangen.
Aber während er mir unaufgefordert ein paar knusprige Hähnchenflügel auf einen Teller legt, und über die Theke reicht, beginne ich ihm zu erklären, was denn Soulfood denn nun sei.

Ich erzähle Farid von meiner Zeit in New York City, von meinen Recherchen in Harlem, dem überwiegend von eher ärmeren Schwarzen bevölkerten Bezirk im Norden von Manhattan. Dort habe ich den Begriff Soulfood, Seelennahrung, kennengelernt. Für die nicht so wohlhabenden

Schwarzen, und insbesondere für ihre oft durch Sklaverei und üblen Rassismus unterdrückten Vorfahren, war Essen nicht einfach nur Nahrungsaufnahme für den Körper, sondern auch Nahrung für die Seele, übersetzt also Soulfood.

Und was den Afro-Amerikanern in Harlem zum Beispiel die Chicken-Wings sind, ist vielleicht für den algerischstämmigen Franzosen in Paris das Couscous, eine gute Tajine, oder eben auch ein paar gut gewürzte knusprige Hähnchenflügel.

Farid nickt zustimmend. Der freundliche Mann fragt mich schließlich, warum ich denn ausgerechnet heute Seelennahrung brauche, und ich berichte ihm von meinem Tag, und insbesondere von meinen Erlebnissen in der ausgebrannten Poissonerie. Ich erzähle ihm von dem unangenehmen Hauptkommissar, und von dessen Meinung, dass junge Männer algerischer Abstammung dahinter stecken würden, woraufhin sich Farid fürchterlich aufregt. Immer wenn in Paris, Marseille oder Lyon etwas passiert, würde die Polizei erst mal die Menschen nordafrikanischer Abstammung verdächtigen.

„Klar, unsere Leute sind meist die mit den gefälschten Handys, Designerhandtaschen und nachgemachten Luxusuhren an der Porte du Clingancourt, vor dem großen Flohmarkt von Paris, die leichtgläubigen Touristen das Geld aus der Tasche ziehen, und unsere Leute sind auch oft die, die in der Linie 4 die Taschendiebstähle begehen, aber wir sind doch nun wirklich nicht für jedes Verbrechen verantwortlich zu machen", empört sich der sonst so ruhige Farid. Er beklagt, dass die Nachfahren der Einwanderer aus Nordafrika in Frankreich von vielen Franzosen oft noch immer wie Menschen zweiter Klasse angesehen und behandelt würden.

Nachdenklich knabbere ich an meinen Hähnchenflügeln, lasse mir noch ein paar in eine Tüte für später einpacken, bedanke mich bei Farid und setze meinen Heimweg fort.

Ganz in meine Gedanken vertieft gehe ich die Straße weiter in Richtung zuhause.

Ich passiere die mir so vertraute Brasserie du Faubourg. Eigentlich möchte ich heute nicht mehr einkehren, und ich gehe stumm und mit gesenktem Haupt meinen Weg, als mich die Stimme von André, dem Barkeeper, aus meinen Gedanken reißt: „Kann es sein, dass Du einen schlechten Tag hattest?" ruft er mir hinterher. Ich drehe mich um, und antworte „ich kann Dir da wirklich nicht widersprechen".

André muss mich nicht erst lange überreden. Ich kehre also um, und wir gehen gemeinsam in die kleine Brasserie.

Ich erzähle frustriert von meinem Tag, und auch André ist besorgt angesichts der Geschehnisse in der Rue Mouffetard. Er ereifert sich über den latenten und teilweise auch sichtbaren Rassismus bei Teilen der Polizei. Wir philosophieren, wie so oft, über Gott und die Welt, und es kommt wieder mal, wie es kommen muss. Eine Flasche Henri Bardouin ist fast leer.

Es ist viel zu spät, und längst bin ich der einzige Gast. Aber eigentlich bin ich ja kein normaler Gast in dieser kleinen unscheinbaren typisch Pariser Brasserie, sondern André und ich sind so eine Art Mini-Familie, fast schon ein altes Ehepaar. Manchmal schweigen wir uns einfach nur an, aber es ist gut so. Es wird eh zu viel geschwätzt.

Also verabschiede ich mich mit einem „Salu André" und mache mich auf den kurzen Weg in die Rue Chateau d´Eau. Der knarrende uralte Aufzug befördert mich hinauf in mein Appartement. Die Treppe hätte ich heute Nacht auch nicht mehr geschafft. Es war wohl doch ein kleiner Pastis zuviel. Oder zwei. Egal.
So wie ich bin falle ich ins Bett, und Sekunden später schon befinde ich mich im Reich der Träume.

4.

Das Anrufsignal meines Handys reißt mich urplötzlich aus dem Schlaf. Nur mit größter Mühe bekomme ich meine Augen auf, fluche vor mich hin und überlege, wer mich wohl mitten in der Nacht anruft.

Mit einem mürrischen „Crawford, wer stört?", melde ich mich, und muss mich erst einmal kräftig räuspern.

Eine Frauenstimme meldet sich, aber ich habe den Namen nicht verstanden.

„Wer ist dran, und warum rufen Sie mich mitten in der Nacht an?", brumme ich in das Handy.

Die Frauenstimme antwortet langsam und laut „Kommissarin Hafida Saidi", und ergänzt „und übrigens, es ist 9 Uhr morgens!".

Wie vom Blitz gerührt sitze ich innerhalb einer Sekunde senkrecht im Bett.

Nachdem ich etwas unbeholfen eine Entschuldigung für mein rüpelhaftes Verhalten zurechtgestottert habe, beginnt die junge Kommissarin die Unterhaltung, und zwar ebenfalls mit einer Entschuldigung: „Das tut mir leid, gestern, dass mit meinem Chef. Auf Journalisten ist er einfach nicht gut zu sprechen, aber das haben Sie ja selbst hautnah erlebt."

„Ich habe mir über die Jahre ein dickes Fell wachsen lassen", antworte ich, „und außerdem können Sie ja nichts dafür." Als ich schließlich nach dem Grund ihres Anrufes frage, beginnt Kommissarin Saidi zu berichten. Ihr Chef, Hauptkommissar Albert Dalmasso, hätte tatsächlich die Ermittlungen, wie schon am Tatort angekündigt, nahezu ausschließlich auf die Jugendszene aus den Banlieus konzentriert. Aus ihrem Tonfall glaube ich deutliches Missfallen herauszuhören. Mein Verdacht soll sich schon bald bestätigen. Nach einem kurzen Schweigen fragt mich Kommissarin Saidi „Haben Sie heute Abend schon etwas vor?". Einigermaßen überrascht von dieser Frage verneine ich. „OK, Ich lade Sie ein, einen Teil von Paris kennenzulernen, den eigentlich keiner mag, wo eigentlich niemand leben will, und in dem angeblich alles schlecht ist" tönt es aus dem Hörer, und sie ergänzt „Ich hole Sie heute Abend um 19 Uhr Zuhause ab, und essen Sie tagsüber am besten nichts." Als ich ihr meine Adresse sagen will, unterbricht sie mich mit einem lachenden „Nicht nötig, ich bin bei der Polizei, schon vergessen?" Zu überrascht, noch irgendetwas zu sagen oder zu fragen, bedanke ich mich für die Einladung und sage ihr zu.

Mein Tag in der Redaktion zieht sich elend lang hin, wohl auch eine Folge der viel zu kurzen Nacht, und meine Gedanken kreisen ohnehin nur um das Thema Rue Mouffetard - und die junge Kommissarin. Was mich wohl erwarten wird? Ich verlasse die Redaktion früher als gewohnt und verabschiede mich von meiner Chefredakteurin Hélène, der man ihr Missfallen, dass ich in der Sache noch nicht weitergekommen bin, deutlich ansieht.

5.

Pünktlich um 19 Uhr stehe ich an der Rue de Faubourg Saint-Denis und denke darüber nach, was mich wohl an diesem Abend bei dieser doch eher ungewöhnlichen Einladung erwarten wird. Wie immer ist viel los, und etwas oberhalb von mir, auf dem Boulevard Magenta, einer der Hauptverkehrsadern hier im Osten von Paris, staut sich der Verkehr. Nach wenigen Minuten biegt ein dunkelblauer Peugeot mit quietschenden Reifen in meine Straße ein, um Sekunden später vor mir zu halten.

Es ist Kommissarin Hafida Saidi. „Bonsoir, Monsieur Journaliste", ruft sie lachend durch die geöffneten Scheiben aus dem Auto, und ich steige mit einem „Bonsoir, Madame Kommissarin" ein.

Eine Temperamentvolle Lady, denke ich noch während ich mich anschnalle, und dann geht es auch schon los. Die Fahrweise der jungen Frau würde ich als eine Mischung zwischen rasant französisch und chaotisch nordafrikanisch bezeichnen - temperamentvoll eben. Und flott. Sehr flott. Ständig will mein rechter Fuß auf eine nicht vorhandene Bremse im Fußraum treten, und ich habe das Gefühl, schon eine Delle in das Bodenblech getreten zu haben, während sich meine rechte Hand verkrampft an den Haltegriff klammert. Sie passt gut zu Paris, diese temperamentvolle junge Kommissarin. Und sie ist verdammt hübsch, denke ich, wenn ich meine

Blicke einmal vom Verkehr losreißen kann und zu ihr herüber schaue.

Unsere Fahrt führt uns über den Boulevard Sèbastopol südwärts Richtung Île de Cité, weiter über den Boulevard Saint Michel. Hier ist das „schöne Paris", das sorglose vergnügte Paris, das was die Millionen Touristen sehen, die Jahr für Jahr an die Metropole an der Seine pilgern.

Und hier finden und bekommen sie das, was sie erwarten. Die typischen Boulevards, die berühmten Cafés, unzählige kleine Restaurants, das Quartier Latin, den romantischen Jardin du Luxembourg, die wunderschönen typischen Pariser Stadthäuser, die zahlreichen Spuren des legendären Architekten Haussmann, und das Treiben rund um die Universität Sorbonne. Das ist die „edle" Universität, die allzu oft von verwöhnten Nachkommen reicher und einflußreicher Unternehmer und Politiker besucht wird, die es sich leisten können, für die Tochter oder den Sohn mal eben 2000 Euro Monatsmiete für eine 20 Quadratmeter Studentenbude in bester Lage hinzublättern. Und ich ahne, wohin unsere Fahrt uns führen wird, nämlich in die weniger beliebten Stadtviertel im Süden, oder etwas weiter in eine der Banlieues, die eigentlich nicht mehr direkt zum Stadtgebiet von Paris gehören.

Nach einem kurzen Teilstück auf dem Boulevard Périphérique, der berühmten Ringautobahn, die Paris umschließt, verlässt Hafida den pulsierenden und stets hektischen Boulevard an der Ausfahrt Ivry-sur-Seine. Diese Stadt mit über 60.000 Einwohnern grenzt nahtlos an die Stadt Paris und andere umliegende Städte, und insgesamt leben in der gesamten Metropolregion inzwischen über 12 Millionen Menschen. Ivry-sur-Seine ist über die Métro und die Regionalbahn RER bestens mit dem Zentrum von Paris verbunden, und unzählige Pendler strömen täglich in die City von Paris, viele von ihnen als schlecht bezahlte Arbeitskräfte in Reinigungsbetrieben, Großküchen, Speditionen oder Supermärkten.

Kommissarin Hafida Saidi bemerkt meine Anspannung, und reagiert mit einem Lachen „ich weiß schon, mein Fahrstil Ich bin eben ein Pariser Bulle. Aber gleich haben Sie es geschafft".

Während der letzten Minuten der Fahrt verrät Hafida mir, dass wir zu ihren Eltern fahren, und dass auch ihr Bruder Fazil anwesend sein wird.

Und nach dieser rasanten Tour quer durch Paris sind wir in eine völlig andere Welt eingetaucht, gerade mal 7 Kilometer südwestlich des Pariser Zentrums. Hier gibt es nicht die eleganten Stadthäuser, die gepflegten Parks, die Luxus Kaufhäuser und vornehmen Cafés, hier besteht ein großer Teil der Stadt aus billigen Sozialwohnungen, aus monotonen Wohnsilos aus Beton.

Die Stadt ist seit dem Zweiten Weltkrieg Anziehungspunkt für zahlreiche Einwanderer aus den ehemaligen Kolonien Frankreichs, vor allem aus dem Maghreb, also Tunesien, Marokko und Algerien, aber auch aus anderen Teilen Afrikas und aus Indochina. Die meisten wohnen in der Hochhaussiedlung Cité Gagarine.

Unsere Fahrt endet vor einem zweieinhalb-stöckigen Wohnhaus in einer eher ruhigen kleinen Wohnsiedlung. Das Haus ist schon alt, ich schätze, aus dem 19. Jahrhundert, aber es ist gut erhalten, und man merkt sofort, dass es liebevoll gepflegt ist. Es ist nicht eines dieser heruntergekommenen Mietshäuser, wo alle paar Jahre die Bewohner wechseln.

„Wir sind da", sagt die Kommissarin sichtlich gut gelaunt, und ergänzt „hoffentlich haben Sie reichlich Appetit mitgebracht". „Hunger habe ich eigentlich immer", sage ich, und ergänze lachend „sieht man doch, oder?" Kommissarin Saidi schaut mich kurz von der Seite an, sagt kein Wort, und lacht. Für einen kleinen Moment treffen sich unsere Blicke. Was für eine Frau…

Noch bevor wir die wenigen Stufen hoch zum Eingang erklommen haben, öffnet sich die Haustür, und eine pummelige, kleine, schon recht betagte Frau mit typisch algerischer Hautfarbe begrüßt uns mit einem einladenden Lächeln, sodass ich mich sofort willkommen fühle.

„Bonsoir, Monsieur Crawford, kommen sie herein, meine Tochter hat mir schon von Ihnen erzählt", sagt sie, und ergänzt „Hoffentlich haben sie ordentlich Appetit mitgebracht."

„Bonsoir, Madame Saidi", antworte ich, „und Ihre Tochter hat eben fast das gleiche gesagt, das mit dem Appetit".

So wie es in Algerien Sitte ist, ziehen Hafida und ich unsere Schuhe aus, bevor wir die Wohnung betreten. Diesem Brauch, der zum Beispiel auch in Japan und Schweden üblich ist, komme ich gerne nach. Ich fand es schon immer wenig appetitlich oder hygienisch, mit den Schuhen, mit denen man den ganzen Tag über durch die Stadt gelaufen ist, anschließend durch die Wohnung zu gehen.

Im Hausflur duftet es schon verführerisch gut, würzige Düfte von Gewürzen und Kräutern und der Geruch nach geschmortem Lammfleisch dringen in meine Nase, und wenn ich bisher noch keine Lust zu Essen gehabt hätte - jetzt habe ich Lust auf etwas Leckeres, und ich ahne schon, was mich erwartet. Madame führt uns ins Wohnzimmer der Familie, und ich werde Hafidas Vater, ihrer Schwester Celia und ihrem Bruder Fazil vorgestellt.

Freundlich werde ich zu Tisch gebeten, und Monsieur Saidi lädt mich ein, mit ihm einen kleinen Pastis zu trinken. Recht schnell entwickelt sich ein interessantes und intensiv geführtes Gespräch. Hafida hat ihrem Vater natürlich erzählt, dass ich Journalist bin, und alleine das ergibt schon reichlich Gesprächsstoff. Es geht um Pressefreiheit in Algerien, um die seiner Meinung nach einseitige Berichterstattung in Frankreich über die Nachfahren der Einwanderer aus dem Maghreb, und um die Terror-Anschläge in den vergangenen Jahren.

„Die Presse und die Politik sollten vielmehr die Rechtsradikalen im Auge behalten", wettert Monsieur Saidi sichtlich verärgert und ergänzt „die sind wirklich gefährlich für die französische Nation!" Ein temperamentvoller Mann, denke ich, und stimme ihm zu.

Inzwischen haben Hafida, ihre Schwester Celia und ihr Bruder Fazil den Tisch in ein wahres Schlaraffenland verwandelt. Ganz offensichtlich gibt es Couscous. In der Mitte steht eine große Platte mit der Semoule, dem über Dampf gegarten Hartweizengrieß. Dieser ist die Grundlage für jedes Couscous. Daneben steht ein großer Topf mit der typischen, würzigen Gemüsebrühe, in der reichlich Karotten, Zucchini, Kürbis, Kohl und Tomaten schwimmen. Drumherum stehen Schalen mit heißen Kichererbsen, Rosinen, und dem feurig scharfen Harissa. Und als Krönung bringt die kleine Madame Saidi jetzt noch eine Platte herein, die sich sehen lassen kann: Es gibt Lammspieße, Lammkoteletts, gegrillte Hähnchenbeine, Bouletten, Ragout vom Rind, und natürlich die sehr leckeren Merguez-Würstchen. Sowas nennt man ein Couscous Royal, und nein, es ist wirklich nichts für Vegetarier, ob-

wohl schon die Gemüsezubereitung in der kräftigen Brühe ein wahrer Hochgenuss ist. Fazil
öffnet eine Flasche Sidi-Brahim, ein Rotwein aus
dem Atlas Gebirge, und Madame Saidi fordert
uns auf, ordentlich zuzulangen; eine Aufforde-
rung, der ich natürlich nur zu gerne nachkomme.

Während des Essens entwickeln sich nach an-
fänglichem Beschnuppern und Kennenlernen interessante Gespräche. Und nach einer Weile, es
konnte ja auch nicht anders sein, kommt das
Gespräch auf die Geschehnisse in der Rue
Mouffetard. Schließlich wurde in den Medien
darüber berichtet, und sicherlich hat auch Hafida
ihrer Familie erzählt, dass sie in diesem Fall er-
mittelt.

Fazil ereifert sich darüber dass, egal was in der
Stadt passiert, immer zuerst algerisch-stämmige
Jugendliche verdächtigt werden. „Natürlich gibt
es hier eine höhere Kriminalität bei Diebstählen
und kleinen Delikten", führt Fazil aus, „aber die
jungen Leute hier sind doch nicht automatisch
für jedes Verbrechen verantwortlich, oder?" Es
kommt das Gespräch auf die katastrophal hohe
Jugendarbeitslosigkeit, auf Entfremdung und Ab-
kopplung von der Gesellschaft und auf fehlende
Zukunftsperspektiven für die Jugendlichen.

Das ist wirklich „das andere Paris", kommt es
mir in den Sinn, während ich für einen Moment
nachdenklich an einem Lammkotelett knabbere.

Ich schaue rüber zu Hafida, und unsere Blicke treffen sich für einen kleinen Moment. Hafidas Schwester Celia hat das ganz offensichtlich registriert, und witzelt mit einem breiten Grinsen im Gesicht: „Ihr versteht euch schon ganz gut, oder?" Es ist ganz kurz still im Raum, und etwas verlegen versuche ich schnell das Thema zu wechseln, und erzähle von der Arbeit in unserer international tätigen Zeitung mit über der ganzen Welt verteilten Redaktionen und Reportern.

Während ich ein paar Anekdoten aus meinen Jahren in New York und Hongkong erzähle, empfängt Hafida einen Anruf auf ihrem Diensthandy, und ihr Gesichtsausdruck wird schlagartig ernst.

Augenblicklich verstummen alle Gespräche, und es herrscht für einen Moment Stille in dem eben noch mit Gesprächen und Lachen erfüllten Raum. Fragend schauen alle Augen auf Hafida, aber noch bevor ich fragen kann, was los ist, fängt sie an zu berichten: „In der Hochhaussiedlung ist eine große Polizeiaktion im Gange, eine Razzia." Dann ergänzt sie wütend: „Wieso wusste ich nichts davon? Ich will wissen, was da los ist, wollen Sie mitkommen, Ronald?"

Natürlich will ich das, und ohne die Chance, mich für die Einladung und den schönen Abend gebührend zu bedanken und verabschieden zu können, renne ich hinter der jüngeren - und wesentlich sportlicheren - Kommissarin aus dem

Haus und springe in ihren Dienstwagen. Die Fahrt dauert nicht lang und schon drei Minuten später nähern wir uns der Hochhaussiedlung. An den steilen Betonfassaden wird das flackernde Licht von zahlreichen Blaulichtern reflektiert, als wir an einer Straßensperre der Polizei gestoppt werden. Die Szenerie wirkt gespenstisch. Was ist hier los? Ein Beamter in einem dunkelblauen Overall mit einer Maschinenpistole in der Hand leuchtet uns mit einer Taschenlampe ins Gesicht und spricht mit Hafida. Es ist ganz offensichtlich ein Beamter der Compagnies Républicaines de Sécurité (CRS), der französischen Bereitschaftspolizei, und die sind dafür bekannt, nicht gerade zimperlich zu sein. Nachdem er Hafidas Polizeiausweis geprüft hat, läßt er uns durch.

Wir erreichen offensichtlich den Einsatzort der Aktion, einen kleinen Park mitten zwischen den Hochhäusern. Dutzende CRS Beamte sind zu sehen, und eine ganze Reihe Menschen, meist junge Männer, stehen in einer Reihe an einem Zaun. Ihre Hände sind mit Kabelbindern auf den Rücken gefesselt. Hafida fragt nach dem Einsatzleiter, und wir werden in Richtung eines Kleinbusses geschickt. Als wir das Fahrzeug erreichen, entdecken wir in der Menge Hafidas Chef, Hauptkommissar Albert Dalmasso, der dabei ist, Anweisungen zu erteilen. „Dalmasso, was ist hier los?", brüllt Hafida ihren Boss sichtlich erregt an. Für einen Moment schaut der Hauptkommissar erst Hafida, dann mir mit einen verächtlichen Grinsen ins Gesicht.

„Ah, da sind sie ja, die tapferen Hüter der liberalen Multikulti-Gesellschaft!" Und an Hafida gerichtet sagt er „Schauen Sie zu, hier können Sie noch was lernen, junge Frau Kommissarin!"

„Was ist hier los?", wiederholt Hafida ihre Frage, und man sieht ihr an, dass sie aufgebracht und stinksauer ist. „Wir räumen hier mal etwas auf, werte Kollegin", antwortet er, und mit einer überheblichen Mimik und Gestik berichtet er, dass man einige Aufnahmen von Sicherheitskameras im Bereich der Rue Mouffetard ausgewertet habe, und hier einige „alte Bekannte" suchen will, die möglicherweise mit einigen Ladendiebstählen und Zechprellerei in Verbindung stehen könnten. Und er sei sich sicher, dass hier auch die Verursacher des schweren Anschlages auf den Fischladen von Marie Morel zu finden seien. Nach diesen Aussagen platzt Hafida der Kragen, und es entwickelt sich ein lebhaftes Streitgespräch zwischen ihr und Dalmasso. Sie wirft ihm vor, nur in eine Richtung zu ermitteln, und egal, was passiert, immer zuerst die Kinder und Enkel der ehemaligen Einwanderer zu verdächtigen. Dalmasso wirft ihr im Gegenzug Unerfahrenheit und Blauäugigkeit vor, und überhaupt hätte er die Schnauze voll davon, mit einer kleinen Querulantin aus Nordafrika zusammenarbeiten zu müssen. Schließlich ist Hafida so erregt, dass sie Ihrem Chef lautstark „Sie sind ein alter Rassist" ins Gesicht schreit. Man kann Dalmassos hochrotem Gesicht ansehen, wie sein Blutdruck noch mehr als ohnehin schon ansteigt. Wie ein wütender Stier sieht er aus, und schließlich blökt er Hafida an: „Und Sie sind von diesem Fall suspendiert! Ich werde gleich morgen früh ihre Suspendierung und Beurlaubung beantragen!" „Und nehmen Sie diesen elenden Presseschnüffler gleich mit, von der Sorte habe ich sowieso die Schnauze voll!", ergänzt er lautstark. Für einen Moment herrscht Schweigen, und einige Beamte um uns herum sehen einigermaßen besorgt aus. Wahrscheinlich erwarten sie ein heftiges Streitgespräch, bei dem sie eventuell schlichten müssen. Hafida jedoch hält dem immer noch vor Wut schnaubenden Hauptkommissar Dalmasso ihre Polizeimarke, die Dienstwaffe und den Schlüssel vom Dienstwagen vor die Nase, und als dieser sie gerade entgegennehmen möchte, lässt sie den Autoschlüssel mit einem coolen Lächeln vor seine Füße auf den Boden fallen. Mit einem „Bücken Sie sich doch, Sie Superbulle" dreht sie sich auf dem Absatz um, packt mich kräftig am Arm und verlässt mit mir mit entschlossenen Schritten die turbulente Szenerie. Dalmasso schreit uns noch zornig einige üble Schimpfwörter hinterher, während Hafida ihm, ohne sich umzudrehen, den Stinkefinger zeigt. Sie hat mich noch immer fest am Arm gepackt, so dass ich gar keine andere Möglichkeit habe, als mit ihr zu gehen. Als wir die Polizeiabsperrung passieren applaudieren uns einige der jungen Bereitschaftspolizisten, und einer klopft Hafida auf die Schulter mit den

Worten „dem alten rassistischen Sack haben Sie's aber gut gegeben, war schon längst überfällig".

Und so verlassen die junge Kriminalkommissarin Hafida Saidi, deren Karriere anscheinend gerade krachend zu Ende gegangen ist, und der einigermaßen verwirrte Journalist Ronald Crawford die in flackerndes Blaulicht der Polizeifahrzeuge getauchte Hochhaussiedlung, und gehen durch die kühle Nacht zurück in Richtung Hafidas Elternhaus.

Nach einer Zeit des Schweigens fragt mich Hafida „Alles klar, Monsieur Crawford?" Ich antworte „Alles klar, es geht ja immer irgendwie weiter. Und nenn mich ab sofort einfach Ron, das klingt nicht so alt, und außerdem sind wir ja seit ein paar Minuten so eine Art Schicksalsgemeinschaft." „Okay, alles klar", erwidert Hafida, und ihr strahlendes Lächeln ist auf ihr Gesicht zurückgekehrt, „Dann ermitteln wir ab jetzt gemeinsam", fügt sie an.

Tausend Gedanken schwirren durch meinen Kopf. Wie schon so oft in meinem Beruf als Journalist ändert sich innerhalb kürzester Zeit völlig unvorhergesehen mein Leben. So wie damals im New Yorker Stadtteil Harlem, als ich den Machenschaften korrupter Investmentbanker auf die Spur kam, oder einige Jahre später in Hongkong, als ich auf der Suche nach spurlos verschwundenen jungen Leuten war. Allerdings führten beide Fälle auch zu lebensgefährlichen Situationen für mich. Würde es dieses Mal wieder so weit kommen…?

Aber ich verdränge diesen Gedanken, denn ich habe mir schon vor langer Zeit eine ganz schädliche Angewohnheit selbst verboten: Das Grübeln. Grübeln führt zu nichts, grübeln raubt uns Ressourcen, schwächt uns, stiehlt uns wertvolle Lebenszeit.

Ich sauge die inzwischen kühle Abendluft tief in meine Lungen ein, und registriere nebenbei, wie Hafida mich beobachtet. Sie spürt ganz sicher, dass ich aufgewühlt bin, dass meine Gedanken rasen. Wahrscheinlich geht es ihr genauso. Vielleicht ist dies nicht nur eine Schicksalsgemeinschaft, vielleicht sind wir ja sogar Seelenverwandte? Wir denken zwar, aber lenken wir uns selber? Oder werden wir gelenkt? Und wenn ja, von wem? Egal. Ich kann es sowieso nicht ändern. Außerdem ich wollte ja nicht grübeln.

„Auf in ein neues Abenteuer" kommt es mir spontan über die Lippen, und Hafida antwortet mir mit den gleichen Worten.

Nach einen kurzen Marsch erreichen wir Hafidas Elternhaus, wo wir von ihrer sichtlich aufgeregten Familie erwartet und augenblicklich mit zahlreichen mit Fragen überhäuft werden. Hafida berichtet so sachlich und ruhig, wie es ihr möglich ist, über die Geschehnisse in der Hochhaussiedlung, und das Entsetzen, aber auch die Wut, ist in den Gesichtern ihrer Familienmitglieder deutlich zu erkennen. Besonders Hafidas Bruder Fazil ist wütend. Das Temperament des jungen Mannes kocht förmlich über, und er ist wild entschlossen, sofort zur Siedlung zu eilen. Er ist kaum zu bremsen, aber glücklicherweise schafft Hafida es, ihren Bruder zu beruhigen und zurückzuhalten. „Wir können da jetzt nichts erreichen, im Gegenteil, es könnte sein, dass die Situation weiter eskaliert. Bleibt ruhig", appelliert sie an ihre Familie.

„Ron und ich kümmern uns darum", fügt sie noch an, und ich ergänze die Worte mit einem kurzen „Versprochen, verlasst Euch darauf".

Madame Saidi, die zwischenzeitlich in Tränen ausgebrochen war, hat sich beruhigt und Tee aus frischer Minze gemacht, wie es in Algerien und überhaupt in Nordafrika gute Sitte ist. Sie meint, dass das den Kopf frei machen könne, womit sie sicherlich nicht unrecht hat. Wir sitzen noch lange im Wohnzimmer der Saidis zusammen, und Monsieur Saidi diskutiert immer noch angeregt mit mir und seinen Kindern darüber, dass sie zwar schon seit zwei Generationen französische Staatsbürger sind, aber dass trotzdem immer noch Unterschiede zwischen den ehemaligen Einwanderern und dem Rest der Bevölkerung gemacht werden.

Die Zeit vergeht wie im Flug, und langsam beginnt die Morgendämmerung. Hafida hat es in der Zwischenzeit geschafft, sich von ihrem Vater seinen heiß geliebten alten Citroën 2CV, von allen nur „Die Ente" genannt, auszuleihen, der wohlgehütet und liebevoll gepflegt in der Garage steht, und normalerweise nur mal Sonntags, wenn nicht so viel Verkehr ist, für eine Spazierfahrt genutzt wird. Die Ente war das erste Auto von Monsieur Saidi, und er war damals - und ist es heute noch - sehr stolz darauf. Nachdem Hafida ihm versprochen hat, mit dem Auto gut umzugehen und nicht den kalten Motor zu überdrehen, gibt er seiner Tochter mit einem sichtlich gequälten Gesichtsausdruck den Autoschlüssel für das heiß geliebte und alte Fahrzeug. Ich frage mich wie das gehen soll, in Paris mit dem Auto unterwegs zu sein, ohne dass in kürzester Zeit irgendwo eine Beule daran ist. Und mit den sagenhaften 23 PS dieses Oldtimers werden wir das bekanntermaßen überschäumende Temperament der Pariser Automobilisten sicherlich arg auf die Probe stellen, denn in Paris hat man es immer eilig, und niemand hat Zeit. Der arme Monsieur Saidi. Es wird spannend. Aber ich mag es ja spannend.

Also besteigen wir die heißgeliebte Ente, und unter der Last meines nicht unerheblichen Übergewichts bekommt das notorisch weich und langhubig gefederte Vehikel etwas Schlagseite. Die doch eher zierliche Hafida übernimmt den Fahrersitz, startet den schnatternden luftgekühlten Zweizylinder, legt mit der antiquierten „Spa-

51

zierstockschaltung" den ersten Gang ein, und ein sehr ungleiches Paar beginnt seine Fahrt in Richtung Paris.

Ich liebe mein Paris, meine Stadt, ganz besonders am frühen Morgen. Die Verkehrsdichte ist noch etwas geringer und erträglicher als tagsüber, die Luft noch etwas sauberer, und irgendwie habe ich das Gefühl, dass die Sinne die Schönheiten dieser Stadt am frühen Morgen besser wahrnehmen können. Unverkennbar und einzigartig sind die zahlreichen schönen Stadthäuser, und die Spuren des genialen Architekten und Stadtplaners Haussmann sind an vielen Orten zu sehen. Und dann sind da natürlich noch die einzigartig schönen alten Métro Stationen von Hèctor Guimard. Es sind wahre architektonische Kunstwerke aus grünem Gusseisen. Jedes Detail ist in feinstem Jugendstil Design erstellt worden, und die mystischen geschwungenen Laternen mit dem typischen orange farbigen Gläsern verzaubern mich immer wieder aufs Neue.

Ohne dass irgendein Wort gesprochen wird fahren wir über den Boulevard Saint-Michel nordwärts, und ich habe das Gefühl, dass Hafida diese Stadt genauso liebt wie ich.

Die klare Morgenluft weht durch die geöffneten Klappfenster der Ente und vermischt sich mit dem Parfum, das Hafida trägt. Während sie das alte Fahrzeug mit ruhigem Fahrstil in Richtung des Boulevard Magenta steuert, betrachte ich unbemerkt ihr schönes, geradezu klassisch anmutiges Profil. Als erfahrener Fotograf habe ich ein Auge für Details, für Proportionen, für Farben und Formen, einen Blick für Harmonie und Schönheit, und ich registriere, dass an diesem Gesicht einfach alles schön ist.

Noch bevor die Stadt endgültig zu hektischem Leben erwacht, erreichen wir meine Straße. Hafida und ich schauen uns wortlos an, und es scheint, dass sie genauso nach den passenden Worten zum Abschied sucht, ebenso wie ich. Schließlich unterbricht sie das Schweigen, und meint, dass wir nach den Ereignissen dieser turbulenten Nacht wohl tatsächlich so eine Art Schicksalsgemeinschaft seien. Ich bedanke mich bei Hafida für die Heimfahrt, und mit einem „Wir bleiben in Kontakt" steige ich aus und schaue ihr noch lange hinterher, bis die Ente im dichter werdenden Verkehr verschwindet.

Obwohl ich hundemüde bin, kehre ich noch in der Brasserie bei André ein, der gerade dabei ist, die typischen runden Bistrotische und Stühle auf dem Trottoir aufzustellen. In meinem Kopf schwirren noch die Eindrücke der Nacht umher, und ruhigen Schlaf würde ich jetzt sowieso noch nicht finden. Ich genieße einen Grand Créme und ein Croissant, während wie jeden Morgen die Straßenreinigung mit ihren Reisigbesen und jeder Menge Wasser aus den Hydranten den Schmutz und den Staub des Vortages die Straße herunter spült.

Kurze Zeit später liegt ein ziemlich erschöpfter Journalist im Bett seines wieder einmal ziemlich unaufgeräumten Appartements unterm Dach, und sein Schnarchen übertönt mit Leichtigkeit den monotonen Lärmpegel des Multi-Kulti-Viertels im Nordosten von Paris.

Citroën 2CV

6.

Nachdem ich den Vormittag in meinem Appartement verschlafen habe, sitze ich irgendwie frustriert und genervt an meinem Schreibtisch in der Redaktion am Boulevard Saint Germain. Und während ich so mit leerem Kopf auf den ebenfalls leeren Bildschirm meines Laptops starre, höre ich, dass sich meine Chef Redakteurin Hélène nähert. Das unverkennbare Klackern ihrer Absätze auf den alten Fliesen im Flur verrät Sie, und das Tempo ihrer Schritte lässt vermuten, dass sie gar nicht gut drauf ist. Schon stürmt sie an meinen Schreibtisch, und bevor ich etwas sagen kann, legt Hélène los. Sie habe vom Polizeipräsidenten eine deftige Beschwerde erhalten. Ich würde mich in Polizeiarbeit einmischen und die Beamten bei ihrer Arbeit behindern, und außerdem hätte ich eine junge Kommissarin rebellisch gemacht, so dass diese ihren Dienst quittiert habe. „Und überhaupt, wann bekomme ich von Dir endlich mal einen qualifizierten Artikel über die Vorkommnisse in der Rue Mouffetard, und zwar einen Artikel, der es würdig ist, gedruckt zu werden?", fügt sie mit spitzem Ton an.

„Habe ich Dir schon mal gesagt dass ich temperamentvolle Frauen total cool finde", antworte ich mit ganz ruhigem Ton. Noch im gleichen Moment bereue ich meine flapsige Bemerkung, und erwarte eine sofortige Steigerung ihres Wutausbruches.

Aber es kommt anders. Völlig perplex von meiner Antwort beruhigt sie sich. „Du bist unmöglich, Ron", sagt sie, und ich antworte mit einem breiten Grinsen „Ich weiß", und beginne von den Vorkommnissen der vergangenen Nacht zu berichten. Am Ende versichere ich ihr dass ich weiter an der Sache dran bleiben werde.

Glücklicherweise ist Hélène eine kluge Frau und hört sich immer beide Seiten und Sichtweisen an. Außerdem weiß sie genau, dass sie sich auf mich verlassen kann, und sie vertraut meinem Sinn für Gerechtigkeit und meiner Spürnase.

Mit einem knappen „ok, Ron, bleib dran" verlässt sie das Büro, und ihre Schritte auf dem Flur haben wieder eine ganz normale, entspannte Schlagzahl.

Meine Laune hat sich wieder gebessert, und ich mache mich auf den Weg zum Polizeipräsidium, um Informationen zu den Ergebnissen der gestrigen Razzia in der Cité Gargarine zu bekommen. Da die Polizeiaktion in der Öffentlichkeit ziemliche Wellen geschlagen hat, wurde für heute Nachmittag eine Pressekonferenz anberaumt, die ich natürlich nicht verpassen möchte.

Als ich das Präsidium erreiche, ist der Raum, in der die Pressekonferenz stattfindet, schon gut besetzt, und auch das Podium füllt sich. Neben dem Chef der Pariser Polizei und dem üblichen Pressesprecher betritt auch Hauptkommissar Albert Dalmasso den Raum und nimmt auf dem Podium Platz. Er schaut in das Publikum und entdeckt mich schließlich unter den wartenden Journalisten. In Sekundenschnelle verändert sich sein Gesichtsausdruck, und sein arrogantes Dauergrinsen weicht einem ziemlich miesen Gesichtsausdruck. Ich nicke ihm übertrieben freundlich zu, wohl wissend dass er erkennt dass meine Freundlichkeit nur gespielt ist.

Dass aus dem Hauptkommissar Albert Dalmasso und dem Journalisten Ronald Crawford keine Freunde werden würden, war ja schon seit dem ersten Aufeinandertreffen im verwüsteten Fischladen von Marie Morel klar, und sein Verhalten in der vergangenen Nacht hat sein Übriges getan. Gespannt warte ich auf den Beginn der Pressekonferenz.

Inzwischen hat sich der Beginn der Pressekonferenz schon um fast eine Viertelstunde verzögert, was sehr ungewöhnlich ist. Normalerweise startet die Konferenz auf die Minute pünktlich, und des Gemurmel und die Unruhe im Saal werden stärker. Dann betritt der Polizeipräsident den Raum und nimmt auf dem Podium Platz. Seine Anwesenheit ist eher ungewöhnlich, denn normalerweise überlässt er das Tagesgeschäft solcher Routineveranstaltungen seinem Pressesprecher und den zuständigen Ermittlern.

Jetzt wächst auch in mir die Anspannung, und ich bin gespannt auf die Informationen, die nun hoffentlich fließen werden.

Nach einer kurzen Begrüßung durch den Pressesprecher ergreift der Polizeipräsident das Wort und beginnt mit seinen Ausführungen. Seine Mine ist ernst, und man sieht ihm seine Verärgerung deutlich an. Er beginnt mit einem Hinweis auf die Polizeiaktion in der Cité Gargarine in der vergangenen Nacht, und zur allgemeinen Überraschung entschuldigt er sich gleich im nächsten Satz bei der dortigen Bevölkerung für die Aktion, die er in Art und Umfang für überzogen hält und die nicht mit ihm abgestimmt war.

Während er diese deutlichen Worte spricht, die kurzfristig für einige Aufregung im Raum sorgen, rutscht Hauptkommissar Dalmasso immer tiefer in seinen Stuhl. Wahrscheinlich würde er jetzt gerne im Boden versinken, denn sicherlich hat er, genau wie wir wartenden Journalisten, diese deutlichen Worte seines Chefs nicht erwartet.

Aber es kommt noch besser. Der Polizeipräsident bedankt sich für die Aufmerksamkeit und verlässt das Podium und den Raum mit dem Satz „Alle weitere Fragen zu der Aktion beantwortet Ihnen jetzt der Verantwortliche Beamte, Hauptkommissar Dalmasso!".

Es ist offensichtlich: Diesen Schuh würde sich der Polizeipräsident nicht anziehen, diese Suppe muss Dalmasso auslöffeln.

Noch bevor es wieder etwas ruhiger im Raum wird, platze ich lautstark mit meiner Frage in die Unruhe. Ich will unbedingt die erste Frage stellen, und rufe:

„Herr Hauptkommissar, ich habe die gestrige Aktion ja kurz selbst miterlebt und Sie nach den Gründen dafür gefragt. Sie äußerten dabei auch, dass Sie die Täter des Anschlages in der Rue Mouffetard in diesem Umfeld vermuten. Gab es dafür konkrete Hinweise, und konnten Sie entsprechende tatverdächtige Personen identifizieren oder festnehmen?".

Was dann folgt, ist ein eher hilfloses Gestammel und Suchen nach den richtigen Worten. Das ständige Drücken seines Kugelschreibers verrät die Nervosität und Unsicherheit des sonst so selbstsicheren Machos. Mit umständlichen Worten gibt er bekannt, dass man in Sachen Rue Mouffetard nicht weiter gekommen sei. Lediglich ein paar kleine Ladendiebstähle wurden aufgeklärt, und ein paar illegale Einwanderer wurden aufgegriffen, die auf Montmartre aufgefallen sind, weil sie ein paar Touristen mit Hütchenspielen um einige Euros erleichtert haben.

Die Journalistin Edith Bruel, die für einen Pariser Rundfunk- und Fernsehsender arbeitet, sitzt bei der Pressekonferenz neben mir. Wir kennen uns schon lange, und die sonst eher ruhige Frau sieht in Richtung Dalmasso und platzt spontan und recht lautstark mit der Frage in den Raum „Der ganze Aufwand ohne validen Tatverdacht?

59

Die ganze Aktion mit dem bescheidenen Ergebnis, ein paar Trickbetrüger und kleine Ladendiebe zu erwischen?".

Kleinlaut nickt Dalmasso und gibt zu, in Sachen Rue Mouffetard keine konkreten Spuren in die Cité Gargarine gehabt zu haben.

Edith Bruel hakt nach und fragt, ob es denn andere Spuren in der Angelegenheit gäbe, was Dalmasso wiederum kaum hörbar und noch kleinlauter verneint.

Zwischenzeitlich habe ich das Gefühl, dass der sonst so großmäulige Hauptkommissar nicht nur scheinbar, sondern tatsächlich im Boden versinkt. Eine gewisse Schadenfreude kann ich mir nicht verkneifen, aber, und das ist viel wichtiger: Wer sind die Täter, die den Fischladen von Marie Morel verwüstet haben, was geschah wirklich in der Rue Mouffetard?

Edith und ich haben die Pressekonferenz verlassen und sind noch kurz in einem der vielen Pariser Straßencafés eingekehrt. Sie nimmt einen Café, und ich gönne mir nach diesem turbulenten Nachmittag einen „Americano" mit Eis, ein erfrischender Drink aus halb und halb rotem Vermouth und Campari, garniert mit einer Orangenscheibe. Danach geht es für uns beide in unsere jeweilige Redaktion. Edith muss ihren Beitrag für die Abendnachrichten produzieren, und ich zumindest einen ersten Artikel für die Ausgabe unserer Zeitung am nächsten Tag. Wie so oft bin ich knapp dran, und wegen mir muss der Druckbeginn um 15 Minuten verschoben werden. Und wie so oft sind der Produktionsleiter und sein Team stinksauer auf mich, und es ist klar: Das kostet mich wieder ein Frühstück und eine Kiste Wein für die Jungs in der Druckerei.

7.

Die Berichterstattung über die Pressekonferenz bezüglich der Polizeiaktion in der Cité Gargarine war, wie nicht anders zu erwarten, wenig schmeichelhaft für die Pariser Polizei. Hauptkommissar Dalmasso als Verantwortlicher der Aktion kam dabei besonders schlecht weg. Da mir meine Chefredakteurin Hélène nicht nur eine halbe Seite für meinen Artikel gegeben hat, sondern auch noch eine Spalte für einen politischen Kommentar, schreibe ich mit spitzer Feder − und zugegebenermaßen auch mit etwas Schadenfreude − einen bissigen Kommentar. Darin kritisiere ich mit deutlichen Worten, dass es bei einzelnen Beamten der Pariser Polizei anscheinend immer noch Tendenzen zu Rassismus und Vorverurteilungen gibt, und dass man generell in der französischen Gesellschaft viel stärker gegen rechtsradikale Bewegungen kämpfen muss. Mir ist klar, dass ich mich alleine schon mit diesem Kommentar selbst in Gefahr bringe und ich im wahrsten Sinne des Wortes ins Visier von rechten Gruppierungen kommen kann. Der Gedanke daran, dass diese Gruppen oft skrupellos agieren, weckt in mir plötzlich ein ungutes Gefühl − wie sich später noch herausstellen soll nicht zu Unrecht. Aber wegducken und schweigen? Nein, das entspricht nicht meiner Natur und meinem Gerechtigkeitssinn. Die jüngere Geschichte hat uns gelehrt, dass kollektives Wegducken und Wegschauen schnell in eine Katastrophe führen kann. Wer aus den Fehlern der

Geschichte nicht lernt, der ist dazu verdammt, sie noch einmal zu erleiden.

Und die eine, ganz entscheidende Frage geht mir nicht aus dem Kopf: Wer steckt hinter der Tat in der Rue Mouffetard? Da große Geduld nicht gerade zu meinen Tugenden gehört, beschließe ich, mir Verbündete zu suchen und der Sache mit Hochdruck auf den Grund zu gehen. Wer meine Verbündeten sein werden, ist völlig klar: Meine Berufskollegin, die Journalistin Edith Bruel, und natürlich Hafida Saidi.

8.

In Paris bricht ein neuer Tag an, und ich verlasse schon recht früh am Morgen gut gelaunt und voller Tatendrang mein Appartement und gehe in „meine" Brasserie Au Faubourg, um bei Café und Croissant ein wenig mit André zu plaudern.

André ist an diesem Morgen für seine Verhältnisse schon recht gesprächig, und er gratuliert mir wortreich zu meinem kritischen Kommentar.

Plötzlich wird unser Gespräch von quietschenden Autoreifen unterbrochen. Durch das große Schaufenster der Brasserie sehen wir einen dunklen Peugeot, und aus dem Auto steigt mit sportlich eleganten Bewegungen eine junge Frau mit dunkler Sonnenbrille. Mit schnellen Schritten erreicht die Lady die Eingangstür, und schon steht sie direkt vor mir und André, nimmt die Sonnenbrille ab, und begrüßt uns mit einem breiten Lächeln und den Worten „Bonjour, ca va"?

Ich traue meinen Augen kaum, aber vor mir steht Hafida und strahlt mich an. Bei dem Blick in ihre wunderschönen dunklen Augen werde ich fast verlegen, aber dann fange ich an zu fragen: „Wo kommst Du her? Was ist passiert? Wieso fährst Du nicht mehr die Ente von deinem Vater? Woher weißt Du wo ich bin?" Hafida lacht nur, und antwortet „Langsam langsam, Ron, eins nach dem anderen".

Sie berichtet, dass ihre Suspendierung vom Dienst, die Hauptkommissar Albert Dalmasso nach dem heftigen Wortwechsel in der Nacht in der Cité Gargarine angeordnet hatte, zurückgenommen wurde. Allerdings sei sie für ihre Äußerungen gegenüber Dalmasso gerügt und in ein anderes Team von Ermittlern versetzt worden. Und dieses Team würde jetzt unter ihrer Führung die Ermittlungen in Sachen Rue Mouffetard übernehmen. Dalmasso sei raus aus der Sache. Und die gute alte Ente ihres Vaters brauche sie jetzt ja nicht mehr, weil sie wieder auf Dienstwagen zurückgreifen könne.

„Und Du fragst dich, woher ich weiß wo ich Dich finden kann, Ron?" fragt sie lächelnd, „Hast Du schon wieder vergessen dass ich Bulle bin?"

Für einen Moment bin ich sprachlos, was für mich eher ungewöhnlich ist, und ich denke nur "Was für eine tolle Frau". André bemerkt natürlich sofort meine kleine Unsicherheit, und so stehen an diesem Morgen im Au Faubourg Hafida und André mit einem breitem Grinsen vor mir, und die beiden Schlitzohren scheinen sich über meine kurze Verlegenheit köstlich zu amüsieren. Was soll's, denke ich, es sei ihnen gegönnt. Ich hätte wahrscheinlich genauso reagiert. Und überhaupt: Das sind schon coole Typen, die Beiden. Schön dass es sie gibt.

Nachdem auch Hafida einen Café hatte, lädt sie mich ein, mit ihr in die Rue Mouffetard zu fahren.

Sie will noch einmal Marie Morel befragen, diesmal allerdings ohne den grantigen Hauptkommissar Dalmasso, der bei den ersten Befragungen auf die traumatisierte junge Frau sicherlich einschüchternd gewirkt hat. Eine gute Idee, denke ich, und gemeinsam machen wir uns auf den Weg in die Rue Mouffetard.

Die Fahrt vom Au Faubourg im Nordosten von Paris in die südlich, auf dem anderen Seineufer gelegene Rue Mouffetard führt uns über die Île de Cité, vorbei an der bei einem verheerenden Brand stark beschädigten Kathedrale Notre Dame. Ich empfinde den Anblick des beinahe zerstörten Meisterwerkes gotischer Architektur immer noch als ungewohnt und schmerzlich.

Durchs Quartier Latin und vorbei an der weltberühmten Universität Sorbonne gelangen wir in das bei Touristen aus aller Welt beliebte 5. Arrondissement. Hier befinden sich auch die große Moschee, der sehenswerte Jardin des Plantes, und außerdem ein Platz, den ich sehr mag, besonders am Markttag: Der Place Monge. Dieser Platz und der Markt mit seinen Ständen voller kulinarischer Köstlichkeiten sind so typisch für Paris, so „wie früher", fast schon wie ein kitschiges Klischee. Aber ist es nicht genau das, was sich so viele Menschen wünschen, weshalb Millionen jedes Jahr die Metropole an der Seine besuchen? In Plastikfolie eingeschweißte Lebensmittel beim unpersönlichen Discounter gibt es reichlich überall in Europa, aber solche ursprünglichen Märkte, wo sich Einheimische und Händler seit Jahrzehnten kennen und sich immer auch die Gelegenheit für ein kleines Gespräch bietet, werden immer weniger. Hier findet man das noch, und hoffentlich noch viele weitere Jahre.

Wir erreichen die Rue Mouffetard, und schließlich den kleinen Fischladen von Marie Morel, oder besser gesagt, dass was nach dem Brandanschlag von ihm übrig geblieben ist. Ganz so schlimm wie am Tag direkt nach dem Anschlag sieht der Laden nicht mehr aus. Die gröbsten Trümmer sind beseitigt worden, aber noch immer liegt beißender Brandgeruch in der Luft. Hafida und ich gehen hinein. Hinten im ehemaligen kleinen Büro erahnen wir durch die staubige Luft eine Person, die irgendwie hilflos inmitten von Asche und Staub auf den Knien kauert und in hilfloser Manier halb verbrannte Papiere und Akten zusammensucht. Als wir näher kommen, erkennen wir Marie Morel. „Bonjour Madame Morel, erkennen Sie mich wieder?", begrüßt Hafida die junge Frau. Wie in Zeitlupe wendet sich Maries Blick zu Hafida, und zwei verweinte rote Augen richten ihren apathischen Blick auf die junge Kommissarin. Ich habe durch meinen Job als Journalist bei meinen oftmals gefährlichen Recherchen schon viel erlebt und viele Menschen in Ausnahmesituationen gesehen, aber dieses geschundene Gesicht, dieses Häuflein Elend, rührt mich ganz besonders. Zweifellos ist Marie tief traumatisiert.

Ich habe einen Kloß im Hals und überlasse Hafida das Gespräch. Ich bin in diesem Moment viel zu berührt, um nüchtern und rationell Fragen zu stellen.

Hafida beginnt die Befragung von Marie. Behutsam und mit ruhiger Stimme befragt sie die junge Frau, in der Hoffnung bisher noch unbekannte Hinweise und Ansatzpunkte zu finden, die bei den Ermittlungen hilfreich sein könnten. Schließlich hat die grobe Vorgehensweise von Hauptkommissar Dalmasso und seine vermeintlich heiße Spur in die Cité Gargarine nichts gebracht. Bei der Befragung fällt mir auf, dass Marie praktisch jeder noch so geschickten Frage von Hafida ausweicht. Es kommt mir sogar so vor, als würde Marie etwas verschweigen, als würden ihr Hafidas Fragen Angst machen. Meine Intuition und meine Spürnase sagen mir spontan: Diese Frau hütet ein Geheimnis. Offensichtlich wird sie erpresst und befindet sich in großer Gefahr, wenn sie uns die Wahrheit verrät. Hafida bemerkt rasch dass sie hier im Moment nicht weiterkommt, und wir verlassen frustriert die gespenstische Szenerie aus Asche und Schmutz. Wir gehen in eines der kleinen Bistros, um einen kleinen Café zu nehmen. Einigermaßen ratlos und betroffen von der Situation eben schweigen wir uns an. Aber wie kommen wir weiter? Zufällig fällt mein Blick durch das Schaufenster des Bistros auf die andere Seite der Rue Mouffetrard auf die kleine Metzgerei von Bruno und Claudine, die ich ja schon bei meinen ersten

Recherchen kennengelernt und befragt habe. Ich schlage Hafida vor, noch einmal in die Metzgerei zu gehen. Vielleicht ergibt sich ja doch noch eine interessante Information oder eine Spur. Vielleicht ist den beiden ja doch noch etwas eigefallen. Wenige Minuten später betreten wir den herrlich altmodischen Metzgerladen und warten kurz ab, bis keine Kunden mehr im Laden sind. Bruno und Claudine erkennen Hafida und auch mich wieder und begrüßen uns. Aber ihre Begrüßung ist nicht so herzlich und offen wie es eigentlich üblich ist in den kleinen alteingesessenen Läden in „La Mouffe", wie man die Rue Mouffetard unter Parisern liebevoll nennt. Auf mich wirken die beiden gehemmt und ängstlich - fast so wie Marie Morel eben. Egal was Hafida fragt, und egal wie einfühlsam sie auch versucht, irgendeine hilfreiche Information zu bekommen, es gelingt ihr nicht. Sie stößt bei Bruno und Claudine auf zwei offensichtlich eingeschüchterte Menschen, sie stößt auf ausweichende und belanglose Antworten, die uns nicht weiterbringen, und die wohl auch nicht der Wahrheit entsprechen. Als Claudine schließlich weinend zusammenbricht, fleht uns Bruno an, die Befragung zu beenden. Es wird klar, dass wir hier heute nicht weiterkommen. Hafida und ich hinterlassen erneut unsere Visitenkarten, und wir verlassen frustriert und enttäuscht die kleine Metzgerei. Was für ein Tag: Hafida kommt nicht weiter mit ihren Ermittlungen, ich habe keinen Stoff für einen interessanten Artikel, und viel Schlimmer: Wir stießen auf verängstigte und offensichtlich eingeschüchterte Menschen, und wir konnten ihnen in keiner Weise helfen. Wieder stellt sich die Frage: Was geschah in der Rue Mouffetard? Und seit heute kommt eine weitere Frage hinzu: Was geschieht noch immer in „La Mouffe", wer verbreitet Angst unter den Geschäftsleuten? Die tief in mir verwurzelte Eigenschaft, ständig nach der Wahrheit zu suchen, und der ebenso stetige Drang nach Gerechtigkeit wurden heute wieder einmal nicht befriedigt. Ohne viele Worte zu verlieren, fährt mich Hafida zu meinem kleinen Appartement. Unsere Verabschiedung verläuft kurz und knapp mit einem „Á bientôt". Es ist offensichtlich: Keiner von uns beiden hat eine Idee, wie wir mit den Ermittlungen vorankommen könnten. In dieser Situation sind wir beide sprachlos - im wahrsten Sinne des Wortes. Ich schaue Hafida noch hinterher als sie losfährt und ihr Auto im wie immer chaotischen Verkehr verschwindet. Wieder muss ich mir eingestehen, dass ich diese intelligente junge Frau, die so anders ist als ich, aus einem völlig anderen Kulturkreis stammend, doch etwas mehr als nur sympathisch finde. Anstatt in mein Appartement führen meine Füße mich unbewußt, fast automatisch, zu André in meine Bar Brasserie, ins Faubourg. Und wie so oft erweist sich der gute André als mein perfekter Seelentröster, wozu er ja bekanntermaßen nicht viele Worte braucht. Zuhören kann er. Zuhören, so ausdauernd und standhaft wie ein Gebirge aus harten Granitfelsen. Ich rede mir wortreich und gestikulierend meinen Frust von der Seele, und ich von diesem Frust hatte ich an diesem Tag mehr als genug. Allerdings gibt es nicht nur viele Worte an der Bar bei André, es gibt auch viel Pastis. Zu viel Pastis. Was für ein Scheißtag.

9.

Das Klappern der alten und teilweise rostigen Blech-Klappläden weckt mich auf, und das Licht eines neuen Tages dringt unbarmherzig durch die Lamellen in mein Zimmer. Draußen ist es windig, und anscheinend regnet es auch ganz ordentlich. Ich liege in meinem ziemlich durchwühlten Bett und stelle fest, dass ich gar nicht so recht weiß, wie ich am Abend zuvor hinein kam. Vielleicht hat mich ja auch ein freundlicher Zeitgenosse hineingelegt, André vielleicht. Keine Ahnung. Nachdenken bringt nichts, der Kopf ist viel zu dick dafür. Da helfen nur zwei Dinge: Erstens eine ordentliche Dusche. Eine Wohltat, trotz des spärlichen Wasserstrahles und des klebrig anhänglichen Duschvorhanges in meinem Altbau unterm Dach. Und zweitens ein ordentlicher Kaffee.

Nachdem ich wieder einigermaßen ansehnlich geworden bin, und der erste Kaffee des Tages bei André die Festplatte in meinem alten Schädel wieder in Gang gebracht hat, mache ich mich auf den Weg in die Redaktion. In der Métro gehe ich in Gedanken noch einmal alle bisherigen Informationen zum Geschehen in der Rue Mouffetard durch, als mich plötzlich das Anrufsignal meines Handys unterbricht.

„Hafida ruft an" lese ich auf dem Display. Erfreut und neugierig zugleich nehme ich den Anruf an. „Bonjour Ron", klingt ihre schöne Stimme gutgelaunt aus dem Gerät, „wo bist du, und können wir uns sehen?", fährt sie fort. Sekunden später sind wir verabredet. Wir wollen uns in der Redaktion am Boulevard Saint Germain treffen.

Als ich kurze Zeit später in der Redaktion ankomme, höre ich schon auf dem Gang die mir wohl vertrauten Stimmen von zwei Frauen. Offensichtlich ist Hafida schon angekommen und unterhält sich angeregt mit meiner Chefredakteurin Hélène.

Ich klopfe an die offene Tür und begrüße die beiden Damen. „Wie hast Du es geschafft, um diese Zeit mit dem Auto schneller hier zu sein als ich mit der Métro?", frage ich Hafida ungläubig. Bevor Sie antworten kann, kontert Hélène in den Raum: „Typisch Mann, Ron, typisch Mann! Ihr Kerle glaubt wohl immer noch, ein Mann müsste automatisch immer etwas besser und schneller sein als wir Frauen!"

Einen Moment lang sage ich nichts, denke nur für mich dass die beiden Damen sich ja anscheinend schon ganz gut kennengelernt haben und sich zu verstehen scheinen. Und Zack: Schon ist eine Koalition gegen den alten weißen Mann geschmiedet! Aber mal ganz ehrlich: Ich mag Frauen, die schlagfertig und intelligent sind, Frauen, die Biss und Mut haben, die sich was trauen und was können. Und das schöne an diesen beiden ist: Sie sehen auch noch verdammt gut aus! Und so antworte ich mit meinem extrabreiten Grinsen und aus vollster Überzeugung: „Ladies, solange es noch Frauen wie Euch gibt, ist diese Stadt noch nicht ganz verloren!"

Das geht den Beiden runter wie Öl. Man spürt förmlich die Wirkung meines durchaus ernst gemeinten Komplimentes. Ein gutes Kompliment an der richtigen Stelle ist für Frauen eben so wichtig und die Wirkung so effektiv, als würde man seine Lieblingsblume gießen und düngen zugleich. Ein kluger Mann weiß das.

Nach der darauf folgenden obligatorischen und typisch französischen Begrüßung mit „Bisous Bisous" (Küsschen links, rechts, links) nehme ich neben Hafida Platz vor Hélènes respektablen alten Schreibtisch. Es ist eines dieser alten Riesenmöbel aus massivem Holz im Stile Henris II., ein Stück welches so viel schöner - und haltbarer - ist, als die aktuellen „Möbel" von einem dieser riesigen Möbelmärkte, in denen es schon beim Betreten irgendwie giftig, und nach dem unnatürlichen Geruch von abertausenden chemischen Duftkerzen und Teelichtern duftet, Pardon, stinkt!

„Was gibt uns die Ehre Ihres Besuches, Madame Farid?", fragt Hélène an Hafida gerichtet, „Gibt es etwas Neues in Sachen Rue Mouffetard?"

Vier Augen schauen neugierig auf Hafida, und die junge Kommissarin beginnt sichtlich angeregt zu berichten. Nachdem wir bei unseren Befragungen der Kaufleute in der Rue Mouffetard auf eine ängstliche Mauer des Schweigens gestoßen waren und sich auch trotz nochmaliger Untersuchung des Fischladens von Marie Morel durch die Kriminaltechnik keine verwertbaren Spuren ergeben hatten, gab es einen Anruf im Polizeipräsidium. Ein anonymer Anrufer behauptete, Informationen über die Hintergründe des Anschlags auf den Fischladen und die Einschüchterungen des Ehepaares Bruno und Claudine aus der Metzgerei zu haben. Um seine eigene Sicherheit nicht zu gefährden, könne er nicht einfach in einer Polizeiwache zur Aussage erscheinen. Stattdessen vereinbarte er ein Treffen mit Hafida um 22 Uhr in der Nähe des Cimetiere de Montmartre. Er betonte, dass der „neugierige Journalist" ruhig mitkommen dürfe, aber sonst niemand. Falls er noch andere Polizeikräfte in der Nähe des Treffpunktes entdecken würde, würde er verschwinden und seine Informationen für sich behalten.

Nachdem Hafida uns das berichtet hat, bemerkt sie meinen beunruhigten und nachdenklichen Gesichtsausdruck, und auch Hélène ist das aufgefallen. Fragend schauen die beiden zu mir herüber, und ich zögere nicht, ihnen meine Meinung dazu zu sagen. „Du weißt selbst am besten, Hafida, dass ein solches Vorgehen, ein solcher Alleingang ohne Rückendeckung aus gutem Grunde nicht üblich ist in der Polizeiarbeit. Das ist riskant, du weißt nicht wer - oder wie viele - Leute dir da plötzlich gegenüber stehen oder in den Rücken fallen könnten."

Ohne zu zögern antwortet Hafida: „Der Fall ist ins Stocken geraten, wir kommen keinen Millimeter voran, und ich will jede Chance nutzen weiterzukommen." Und ebenso ohne zu zögern antworte ich: „Und vor allem willst du unbedingt erfolgreich sein, alleine schon um deinem Ex-Chef, dem widerlichen Hauptkommissar Dallmasso, zu zeigen was du drauf hast! Aber lass dich nicht von deinem Ehrgeiz blenden! Bleib sachlich und bewahre einen kühlen Kopf!"

Diese Antwort gefällt Hafida überhaupt nicht, dass verrät ihr zorniger Gesichtsausdruck augenblicklich. Hafidas Antwort lässt nicht lange auf sich warten: „Und Du? Wo sind dein Mut und deine Entschlossenheit geblieben, die Du damals bei deinen Recherchen in Hongkong hattest, um die Wahrheit aufzudecken. Du hast mir doch stolz davon erzählt!"

Wenn diese Antwort von Hafida nur an meinem männlichen Ego kratzen würde, dann ginge es ja noch, aber diese Antwort schmerzte mich. Erinnerungen kamen in mir hoch. Schlimme Erinnerungen, die ich am liebsten aus meinem Gedächtnis löschen würde, was natürlich nicht geht. Mir leiser, aber bestimmter Stimme, und mit einem intensiven Blick in ihre Augen antworte ich Hafida schließlich:

„Und Du? Hast Du vergessen dass ich damals fast mein Leben verloren habe, und unsägliche Qualen und Albträume durchleben musste?"
Hilfloses Schweigen macht sich in Hélènes Büro breit, bis sie die Stille mit einem energischen „So kommen wir nicht weiter" unterbricht.

Nach einigen weiteren Momenten des Nachdenkens macht Hélène den Vorschlag, einfach mal ein paar Schritte zu gehen, um zu entspannen und an der frischen Luft nachzudenken, und ich lade die beiden zu einem kleinen Spaziergang ins nahegelegene „Café de Flore" ein, welches wie unsere Redaktion direkt am Boulevard Saint Germain liegt. „Ok, Du zahlst", kommt die knappe Antwort von Hélène, und wir machen uns auf dem Weg.

Das Café de Flore ist eines dieser typisch Pariser Cafés, und hat den Charme der 1920er Jahre behalten. Weltbekannt wurde es vor allem durch seine ganz besonderen Gäste. Intellektuelle und Schriftsteller wie Simone de Beauvoir, Jean-Paul Sartre und James Baldwin verkehrten hier regelmäßig, ebenso der Modeschöpfer Karl Lagerfeld. Und immer noch spielt die Literatur eine große Rolle an diesem schönen Ort: Seit 1994 wird hier im November der Literaturpreis „Prix de Flore" an junge vielversprechende Autoren vergeben.

Manchmal, vor allem in kniffligen Situationen, ist es ganz gut, einmal ein paar Schritte zu gehen, um frische Luft in die Lungen und frisches Blut ins Gehirn zu pumpen. Mir jedenfalls geht es so, und ich habe den Eindruck, meinen beiden Begleiterinnen geht es genauso. Und so erreicht ein eher unscheinbarer und etwas korpulenter Journalist, eingerahmt von zwei attraktiven Pariserinnen, das schöne Café.

Übrigens, oder wie die Jüngeren heute sagen würden, „by the way":

Ich bin ja der festen Überzeugung, dass man echte, elegante Pariserinnen schon an ihrem Make-up erkennt. Darauf wird Wert gelegt, und das Make-up einer echten Pariserin ist dezent und geschmackvoll, und nicht aufdringlich grell und schrill.

Geschmackvoll und typisch Paris sind auch die Kellner im Café de Flore. Wie immer sind sie korrekt gekleidet: Zum weißen Hemd mit schwarzer Fliege und Weste trägt man eine lange weiße Schürze, und die flinke und geschickte Art und Weise, wie die Kellner die Getränke auf großen Tabletts durch das doch recht geräumige Etablissement jonglieren, entbehrt nicht einer gewissen Eleganz.

Besonders freut mich, dass hier noch nicht die To-Go-Kultur eingekehrt ist. Hier wird nicht Kaffee aus Pappbechern geschlürft, wie in Fast Food „Restaurants" oder wie beim weltweit verbreiteten Kaffee-Filialisten, der bei Jugendlichen so beliebt ist, Sie wissen schon was ich meine.

Also genießen wir drei in Ruhe unsere Getränke, und das schöne Ambiente des Cafés.

Nachdem wir, deutlich entspannt, wieder zurück in der Redaktion angekommen sind, stellt Hafida mir die Frage: „Bist Du dabei, Ron? Begleitest Du mich bei dem Treffen mit dem Informanten?". Meine Antwort auf die Frage war eigentlich schon vorher klar: „Da wir ja inzwischen so eine Art Schicksalsgemeinschaft sind, kann ich dich ja in dieser Situation nicht alleine lassen", sagte ich an Hafida gerichtet. Man kann ihr die Erleichterung darüber, dass sie nicht alleine zu dem Treffen fahren muss, ansehen.

„So kenne ich dich, Ron", sagt Hélène mit einem charmanten Lächeln, „Und so mag ich dich, alte Spürnase", ergänzt sie.

Mit einem etwas gequälten Lachen quittiere ich Hélènes Bemerkung, und bin mir selbst nicht mehr sicher, ob es richtig war, mich auf dieses Abenteuer einzulassen.

Und schon wieder kommt mir das berühmte Zitat des amerikanischen Schriftstellers George Santayana in den Sinn:

„Wer die Vergangenheit vergisst, ist verdammt sie zu wiederholen".

Dann machen Hafida und ich uns auf den Weg, um jeweils zu Hause nochmal etwas auszuruhen, bevor es am Abend ernst wird. Hafida fährt mich bereitwillig zu meinem Appartement. Auf der Fahrt fällt kaum ein Wort. Bereits jetzt ist eine Anspannung spürbar.

„Ich hole dich um 21 Uhr ab", sagt sie kurz und knapp als sie mich zuhause in der Rue Château d´Eau absetzt.
Dass ich in meinem kleinen Zuhause keine Ruhe finde, muss ich wohl kaum erwähnen, und ich bin sicher, Hafida ging es genauso.

10.

Es ist 20:10 Uhr an diesem milden Spätsommer-
abend, und obwohl Hafida mich erst um 21:00
Uhr abholen will, laufe ich schon ungeduldig auf
dem Trottoir vor dem Haus auf und ab. Eigentlich wollte ich im Bistro bei André noch einen
Kaffee nehmen, aber ich bin auch so schon angespannt und nervös genug und verzichte darauf. Außerdem wäre es ja schon recht unpas-
send, wenn ich dann später im falschen Moment
pinkeln müsste.

Plötzlich höre ich quietschende Reifen, und ehe
ich verstehe was los ist, steht Hafida in einem
Zivilwagen vor mir auf der Straße. Es ist gerade
einmal 20:38, viel zu früh, und offensichtlich ist
sie genauso ungeduldig und gespannt wie ich.

Hafida hat heute nicht den gewohnten, schon etwas ramponierten Peugeot 309 dabei, sondern
einen Renault Menage R.S., einen Flitzer mit
300 PS. Ich steige in den Sportwagen ein, und
nach der Begrüßung frage ich Hafida ob die Pariser Polizei jetzt zu viel Geld hätte, oder was der
Grund für dieses ungewöhnliche Fahrzeug sei.

„Den Wagen haben wir neulich bei einer Razzia
vom Boten eines Drogendealers konfisziert, und
da wir sowieso immer Nachschub an Fahrzeugen brauchen, kam er in den Fahrzeugpool.“

„Und wie kommst ausgerechnet Du zu diesem

heißen Gerät?", frage ich ungläubig. Hafida antwortet lakonisch mit einem extracoolen Gesichtsausdruck: „Der Fuhrparkleiter ist ein Mann, ich bin eine Frau, ein kleiner Flirt…, noch Fragen, Ron?" Ich antworte nicht. Ist in solchen Fällen nicht nötig. Frauen…

Wir fahren los. Und während der für Pariser Verhältnisse ruhigen Fahrt weiht Hafida mich endlich in die Details ein, denn bisher wusste ich ja nicht viel mehr, als dass das geheimnisvolle Treffen um 22:00 Uhr in der Nähe des berühmten Friedhofes Cimetière de Montmartre stattfinden soll. Dieser Friedhof mit seinen vielen alten und markanten Grabmälern zieht Touristen aus aller Welt an. Bekannt ist das glamouröse Grabmal der Sängerin Dalia, oder auch das des Belgiers Adolphe Sax, dem Erfinder des Saxophons. Der Friedhof ist wie eine ruhige grüne Oase inmitten dieser lauten und manchmal recht anstrengenden Großstadt.

Hafida berichtet, dass das Treffen etwas nördlich vom Friedhof, in dem kleinen Park Square Carpeaux stattfinden soll, und zwar an der kleinen Laube mitten im Park. Früher waren hier Steinbrüche, in denen die Pariser sich viele Jahre lang Baumaterial beschafft haben.

Da der Park offiziell um 21:30 Uhr schließt, müsste es dort zum verabredeten Zeitpunkt Menschenleer sein, und die dann blockierten Drehkreuze an den Eingängen sind nicht allzu schwer zu überwinden. Allerdings gruselt es mich jetzt schon bei dem Gedanken, kurze Zeit später im Halbdunkeln in einem menschenleeren und unübersichtlichen Park auf einen unbekannten Mann mit vermutlich kriminellen Hintergrund zu treffen.

Was für eine Scheißidee, denke ich. Kann ich nicht einfach Berichte über Golfturniere oder Kunstauktionen schreiben, so wie einige meiner Kollegen? Aber das wäre mir zu langweilig. Also Schluss jetzt mit Grübeln, Augen zu und durch. Oder besser doch Augen auf…?

Unsere Fahrt führt uns auf dem Boulevard Magenta vom 10. Arrondissement, in dem ich wohne, in Richtung Nordwesten. Vor uns in der Ferne sieht man schon die Basilika Sacré Coeur, die auf dem Hügel von Montmartre thront. Die untergehende Sonne färbt die prächtige, eigentlich weiße, Kirche in warme goldene und rote Farbtöne. Es gibt in dieser Stadt einige Dinge, an denen kann man sich einfach nicht sattsehen. Sacré Coeur ist solch ein Motiv. In dieser riesigen Kirche wird immer gesungen, 365 Tage im Jahr, rund um die Uhr, außer während Gottesdiensten. Diese Aufgabe übernehmen die Nonnen eines gleich nebenan gelegenen kleinen Klosters im Schichtdienst.

Heute würde ich mir wünschen, dass sie vielleicht für uns singen, oder ein Gebet sprechen. Irgendwie habe ich gerade die Hosen voll.

Wir biegen nach links in den Boulevard Maguerite de Rochechouart ein. Über uns fährt die hier auf Hochgleisen geführte Métro. Es ist ein quirliges, aber eher armes Viertel, wo während der Woche große Märkte mit lautstarken Marktschreiern stattfinden. Die meisten Kunden hier stammen aus den ehemaligen Kolonien in Nordafrika und versorgen sich hier mit internationalen Lebensmitteln. Weiter geht es, vorbei am Place Pigalle, auf den Boulevard de Clichy, und vorbei am Moulin Rouge, in Richtung Cimetière de Montmartre.

Es ist gerade einmal 21:15 Uhr, als wir in der Rue Carpeaux gleich neben dem Park ankommen. In einer kleinen Seitenstraße finden wir noch eine Parklücke. Wie zu erwarten war sind wir viel zu früh da. Hafida kramt vom Rücksitz eine schusssichere Weste hervor und bittet mich, sie unter meiner Jacke anzulegen. Sie trägt ebenfalls eine. Während ich dieses ungewohnte „Kleidungsstück" anlege, wird es mir immer mulmiger. Dann überprüft die junge Kommissarin ihre Waffe und steckt sich noch ein volles Reservemagazin in die Tasche.

„Und du bist dir wirklich sicher, dass wir die Sache jetzt hier alleine durchziehen sollen?" frage ich mit unsicherer Stimme und ergänze: „Noch können wir Verstärkung von deinem Kommissariat anfordern, oder die Sache ganz abblasen."

Hafida schaut mich mit entschlossenem Blick

an. „Entweder du bist jetzt mit mir dabei, oder ich ziehe die Sache alleine durch" bemerkt sie spitz. „Ich bin dabei, ich lasse dich nicht hängen", sage ich, und weiter „Wie wir an dem Abend der Razzia in der Hochhaussiedlung ja festgestellt haben: Wir sind eine Schicksalsgemeinschaft. Und außerdem will ich ja wie du endlich herausfinden, was in der Rue Mouffetard geschehen ist."

Die folgenden Minuten vergehen zäh und langsam. Inzwischen ist es kurz vor 22 Uhr.Wir verlassen das Auto und gehen zu einem der Eingänge des Parks. Glücklicherweise sind keine Passanten unterwegs, oder eine Polizeistreife, die sich daran stören könnten, dass wir in den um diese Zeit eigentlich geschlossenen Park eindringen. Das kleine Tor ist nicht sehr hoch und schnell überwunden. Jetzt sind wir in dem kleinen Park im ehemaligen Kalksteinbruch. Inzwischen ist es schon recht dunkel geworden, und mit leisen Schritten nähern wir uns dem in der Mitte der Anlage gelegenen Pavillon. Die ganze Szenerie wirkt gespenstisch und bedrohlich, und das plötzliche Rascheln einiger Ratten, die an einem überquellenden Abfallkorb auf Nahrungssuche sind, jagt mir einen gehörigen Schreck ein. Immer wieder schauen wir uns um, aber es ist niemand zu sehen.

Plötzlich haucht kaum hörbar eine Stimme aus einem nahegelegenen Gebüsch:

„Sind sie Madame Saidi von der Polizei?"

„Ja, wer ist da?"

„Wir haben telefoniert. Es geht um die Rue Mouffetard."

„Ok, kommen Sie langsam zu uns rüber. Und ich will Ihre Hände sehen!" antwortet Hafida mit leiser aber bestimmter Stimme.

Als der Mann sich uns langsam und mit erhobenen Händen nähert, sehen wir dass er sich eine Strumpfhose über den Kopf gezogen hat. Ganz offensichtlich will er unerkannt bleiben. Auffällig ist auch, dass er sich leicht geduckt hält, und sich ständig nach allen Seiten umschaut, als würde er befürchten dass sich noch Jemand anderes nähern könnte.

„Sind sie alleine?" fragt er, und man erkennt eindeutig dass dieser Mann seine Stimme verstellt.

„Ja, nur ich und Monsieur Crawford sind hier, wie vereinbart", entgegnet Hafida und fragt den sichtbar verängstigten Mann: „Vor wem haben sie so große Angst?

„Sie haben ja keine Ahnung, wer tatsächlich für die Einschüchterungen und den Anschlag in der Rue Mouffetard verantwortlich ist. Das sind keine normalen Kriminellen, oder irgendeine eine Bande aus Osteuropa!" antwortet der Mann in einem energischer werdenden Tonfall.

Hafida wird langsam ungeduldig. „Jetzt reden sie schon! Geben sie mir konkrete Informationen. Und Namen, ich will Namen hören!" faucht sie den geheimnisvollen Typ an.

„Okay, passen Sie auf", flüstert der Mann. „Es ist…"

Aber noch bevor er seinen Satz beenden kann ist ein kurzes, zischendes Geräusch zu hören, und er bricht augenblicklich zusammen und fällt zu Boden. Im schwachen Licht ist an seiner Schläfe ein kleines Loch zu erkennen, aus dem in kräftigen Schüben Blut spritzt.

„Scheiße, da schießt jemand mit Schalldämpfer! Wir müssen hier weg!" schreit Hafida, und eine Sekunde später spüre ich einen stechenden Schmerz am Oberarm. Es gibt keinen Zweifel mehr: Wir werden beschossen, und unsere Lage in diesem Park ist mehr als beschissen! Glücklicherweise hat mich nur ein Streifschuss getroffen. Noch ehe ich einen weiteren Gedanken fassen kann, packt Hafida mich energisch am Arm und zieht mich hinter sich her. So schnell es geht und in gebückter Haltung laufen wir in Richtung des Ausgangs, an dem auch unser Auto steht. Mit einem geschickten Sprung überwindet Hafida das alte Eingangstor, was allerdings für einen schon deutlich älteren und eher unsportlichen Kerl, wie ich es bin, keine wirklich gute Alternative ist. Ohne Rücksicht auf Verluste beschließe ich, das in die Jahre gekommene und schon ganz ordentlich angerostete Tor einfach umzurennen. Langsam darüberklettern ist keine Alternative, da hinter uns erneut Schüsse fallen. Also Augen zu und durch. Und tatsächlich: Mit einem lauten Krachen landet das Tor auf den Gehweg vor dem Park, und auch ich bin draußen. Beschleunigte Masse kann sehr wirkungsvoll sein, und einige Prellungen und Hämatome sind immer noch besser, als sich eine Kugel einzufangen!

Sekunden später erreiche ich kurz nach Hafida unseren Wagen und hechte durch die bereits geöffnete Beifahrertür in das Fahrzeug, welches sich Sekundenbruchteile später mit quietschenden Reifen in Bewegung setzt.

„Wo fährst Du hin, was machen wir jetzt?" frage ich panisch. Hafida entgegnet mit erregter Stimme, etwa 50 Meter vor unserem Wagen seien 3 Männer mit Sturmhauben in eine schwarze Limousine gesprungen und davon gerast.

Wieder einmal in ein Wespennest gestochen, schießt es mir durch den Kopf, und sofort kommen üble Erinnerungen in mir hoch. Erinnerungen an Schmerz und Verzweiflung, Erinnerungen an Todesangst und Panik. Ist wohl mein Schicksal, denke ich. Selbst Schuld, ich hätte mir ja inzwischen auch einen anderen Job suchen können, irgendetwas Langweiliges am

Schreibtisch. Doch für Gedanken und Grübelei ist jetzt nicht die richtige Zeit, und nach wenigen Sekunden bin ich wieder in der Realität angekommen, und die scheint in nichts anderes zu münden als in eine wilde Verfolgungsjagd durch das nächtliche Paris. Na toll!

Hafida schafft es, sich an das Heck der schwarzen Limousine zu heften. Sie beherrscht das relativ leichte, und mit 300 PS gut motorisierte und spurtstarke Fahrzeug sehr gut, und die Verfolgungsjagd führt uns zunächst durch ein paar kleine Nebenstraßen. Vor jedem Abbiegen heißt es: Gut festhalten! In Sekundenbruchteilen abbremsen, vor der Kurve anlenken, Vollgas und durch! Die junge Kommissarin an meiner Seite hätte auch eine veritable Rennfahrerin werden können!

Die schwarze Limousine biegt schließlich rechts nach Norden auf den Boulevard in Richtung Saint-Ouen ein. Eigentlich ist Saint-Ouen für seine großen und professionellen Floh-, Antik-, und Trödelmärkte bekannt und zieht Touristen aus aller Welt an. Auch ich gehe gerne mal dorthin, um ein wenig zu stöbern. Aber nach einem gemütlichen Marktbesuch sieht die Sache heute leider nicht aus. Der Fahrer des von uns verfolgten Fahrzeuges fährt ebenfalls sehr geschickt mit hoher Geschwindigkeit durch den Pariser Vorstadtverkehr. Rote Ampeln sind für ihn kein Hindernis, und ich merke wie ich instinktiv, aber natürlich in völlig irrsinniger Weise mit meinem rechten Fuß gegen das Bodenblech trete, gerade so, als wäre ich der Fahrer und wollte mit aller Gewalt bremsen. Mein Bein verkrampft allmählich, und meine rechte Hand krallt sich an den Haltegriff, während sich die Finger meiner linken Hand in das Sitzpolster bohren.

Urplötzlich biegt die verfolgte Limousine ganz kurz vor Ende der Ausfahrt auf den Boulevard de Périphérique ab. Der Fahrer wollte uns damit wohl abhängen, aber Hafida reißt entschlossen bei voller Fahrt das Lenkrad herum, um ihn nicht zu verlieren. Mit heftig quietschenden Reifen driftet unser Fahrzeug quer auf die Leitplanke zu, und ich schließe die Augen, denke "Das war's" und warte auf den Einschlag. Aber Hafida schafft es, heil auf den Boulevard der Périphérique zu kommen.

Die „Périphérique" ist eine Ringförmige Stadtautobahn und umschließt die City von Paris. Jeder, der diese Autobahn schon einmal benutzt hat, weiß: Es ist ein Erlebnis! Aus irgendeinem Grund ist dies ein Bereich ohne Spielregeln und ohne Hemmungen. Verkehrsregeln einhalten? Hier? Fehlanzeige! Das tun nur die erschreckten Touristen, die sich mit schweißnassen Händen ans Lenkrad krallen und nur noch eines wollen: Heil hier raus kommen! Scharen von rasanten Motorrollern fahren im Zickzack-Kurs durch die alltäglichen Staus, und es gibt ein ständiges Hupkonzert. Ich habe einmal eine Quizfrage erfunden: Kampfsport auf vier Rädern?

Antwort: Autofahren auf der Périphérique!

Aber ich schweife ab, meine Gedanken sind wieder in der Realität, bei der Verfolgungsjagd.

Inzwischen hat Hafida es geschafft das Blaulicht auf das Autodach zu heften, und unser Renault behält den Anschluss an die verfolgte Limousine. Allerdings ist es uns noch nicht gelungen, über Funk Verstärkung anzufordern. Das Funkgerät funktioniert offensichtlich nicht.

Die Jagd geht weiter, in Richtung Westen, dann nach Süden.

Erneut versuchen die von uns Gejagten uns abzuhängen: Sie biegen in Richtung City ab und rasen mit gut 150 km/h an Eiffelturm und Trocadéro vorbei. Vor uns liegt der Alma-Tunnel, benannt nach der Brücke Pont de l´Alma, die dort über die Seine führt. Ich bekomme eine Gänsehaut, denn genau hier, es muss etwa 25 Jahre her sein, verunglückten Lady Diana, ihr Liebhaber Dodi Al-Fayed und der Chauffeur der beiden tödlich, als ihre Limousine auf der Flucht von Paparazzi im Tunnel mit hoher Geschwindigkeit gegen einen Betonpfeiler raste.

Unser Renault und die schwarze Limousine kleben im Tunnel auf der linken Spur aneinander, das Tachometer zeigt fast 120 km/h, als plötzlich vor uns das Unfassbare geschieht: Völlig unvermittelt schert vor uns ein langsames Fahrzeug

von der rechten Spur nach links aus! Und ausgerechnet ist es einer dieser restaurieren alten
Citroën 2CV, die man als Tourist mit Fahrer mieten kann, um ganz gemütlich eine nostalgische
Stadtrundfahrt zu machen. Die schwarze Limousine schafft es gerade noch, an dem deutlich
langsameren Vehikel vorbeizukommen, aber
Hafida hat keine Chance.

Vollbremsung, Lenkrad herumreißen, Anprall am
Randstein - das alles geschieht in Sekunden.
Unser Fahrzeug wird in die Luft katapultiert. Es
dreht sich mehrfach – ich habe keine Ahnung
wie oft – und landet auf dem Dach. Airbags öffnen sich knallend und nehmen mir kurzzeitig die
Sicht. Funken sprühen, als das Metall des Auto-
dachs über den Asphalt schleift. Die Karosserie
verwindet sich und macht dabei bedrohlich knarrende Geräusche. Wir rutschen noch immer, und
als wäre das noch nicht genug, geschieht es tatsächlich: Durch das Fenster sehe ich einen dieser massiven Betonpfeiler auf mich zurasen. Es
folgt ein gewaltiger Aufprall, ein Höllenlärm, und
sofort danach eine geradezu unheimliche Stille.
Mir wird kalt, und ich spüre geradezu, wie die
Kraft und das Leben aus meinem Körper
weichen. Im Zeitraffer rasen die Bilder meines
Lebens in immer schneller werdenden Kreisen
an meinem inneren Auge vorbei. Von der
Kindheit bis zur Gegenwart vergehen nur
Sekunden, die Spirale der Erinnerungen
verblasst plötzlich wieder, und dann habe ich
wie aus weiter Ferne noch eine letzte reale

Wahrnehmung. Es ist die Stimme eines Mannes. „Holt ihn da raus!" schreit er. Mein letzter Gedanke gilt Hafida. Hat Sie es geschafft? Hat Sie überlebt?

11.

Was ist der Unterschied zwischen der vermeintlichen Realität und einem Traum? Gibt es da überhaupt Unterschiede? Leben wir tatsächlich, oder ist alles, was wir zu erleben glauben, nur ein Traum?

„Alles was wir sehen oder scheinen - ist es nicht nur ein Traum in einem Traum?" - sind diese Worte von Edgar Allan Poe nur die Fantasie eines Dichters, oder ist es die Wahrheit?

Und wenn wir sterben, stirbt dann nur unsere irdische Hülle aus Fleisch, Blut und Knochen, oder stirbt auch unsere Seele? Oder ist das, was uns eigentlich als Individuum ausmacht, unsterblich? Vielleicht überlebt ja unsere ganz individuelle Persönlichkeit und existiert in irgendeiner uns noch völlig unbekannten und unvorstellbaren Daseinsform auf Ewig weiter. Vielleicht recherchiert der Journalist Ronald Crawford ja noch in zehntausend Jahren als Mitglied des Jedi-Ordens auf einen fernen Planeten weiter?

Ganz langsam öffnen sich meine verklebten Augen, und werden sogleich von einem grellen Licht geblendet. Ist es das Licht am Ende des Tunnels? Bin ich jetzt im Himmel, oder was? Nein, ganz anders! Das Licht stammt von einer kleinen Taschenlampe, und ich erkenne eine junge Frau in einem weißen Kittel.

„Monsieur Crawford, können Sie mich hören?"
Ich versuche zu antworten, aber anscheinend
vermag ich nur einige offensichtlich unverständli-
che Laute von mir zu geben.

„Verstehen Sie mich? Ich bin Ihre Ärztin. Mein
Name ist Dr. Silvie Renard."

„Wo bin ich?", krächze ich so gut ich kann.
„Sie sind im Hospital Hôtel-Dieu auf der île de
Cité in Paris!"

Offensichtlich habe ich den alptraumhaften
Crash im Alma-Tunnel überlebt.

„Sie hatten Glück, Monsieur Crawford, unheim-
lich viel Glück", sagt Dr. Renard, „Wenn man die
Bilder des Unfallwagens sieht, würde man nicht
glauben, dass da noch jemand lebend heraus-
gekommen ist. Der Aufprall erfolgte mit großer
Wucht auf die Beifahrerseite, wo sie gesessen
haben", ergänzt die junge Ärztin, und begutach-
tet dabei meine Blessuren. Während sie meine
Vitalparameter am Monitor überprüft, berichtet
sie mir, dass ich weder Frakturen noch innere
Verletzungen hätte, lediglich eine Gehirnerschüt-
terung und jede Menge Hämatome.

„Erschrecken Sie nicht, wenn sie in den Spiegel
schauen", sagt die anscheinend schon recht abgebrühte Medizinerin, „Ihre Hämatome sehen
wirklich gruselig aus, sind aber nicht weiter
schlimm. Aber sie brauchen einige Zeit bis sie

ganz verschwunden sind!"

„Was ist mit Madame Hafida Saidi, der jungen Kommissarin die am Lenkrad des Wagens gesessen hat?" frage ich, „Wie geht es ihr?" Die junge Ärztin, die eben noch routiniert und gelassen wirkte, schaut mich erschrocken an, und ich spüre augenblicklich, dass sie unsicher wird. Offensichtlich kennt sie nicht die Antwort auf meine Frage, oder sie weiß nicht, wie sie es sagen soll.

„Entschuldigen Sie, Monsieur Crawford, aber dazu kann ich Ihnen keine Auskunft geben. Ich bin sicher, dass sich die Polizei schon sehr bald bei ihnen melden wird. Man hat schon nach ihnen gefragt", antwortet sie, und noch ehe ich etwas sagen kann verlässt die junge Dame fast schon fluchtartig das Krankenzimmer und schlägt die Tür hinter sich zu.

Ebenso schnell wie die Ärztin das Zimmer verlassen hat, wird mir auf einmal abwechselnd heiß und kalt. Puls und Blutdruck schnellen derart in die Höhe, dass der Kreislaufmonitor, an dem ich hänge, lautstark zu piepsen beginnt. Vom Flur her höre ich einige schnelle Schritte, und noch ehe ich weiter nachdenken kann, stürmen stehen zwei Krankenschwestern ins Zimmer und reden auf mich ein.

„Beruhigen sie sich, Monsieur, Crawford, und atmen sie ganz ruhig!" sagt die eine, während die andere anscheinend mit einem Arzt telefoniert.

„Ich will mich aber nicht beruhigen! Ich will wissen, was mit Madame Saidi ist!", brülle ich die beiden Frauen an.

Noch ehe ich mich weiter aufregen kann, halten mich die beiden Krankenschwestern mit aller Kraft im Bett fest, und ein inzwischen dazu geeilter Arzt injiziert mir irgendetwas in die Kanüle in meiner Armbeuge.

12.

Zum zweiten Mal nach dem grauenvollen Unfall erwache ich in dem Krankenzimmer im Hospital Hôtel-Dieu, einem altehrwürdigen Krankenhaus auf der Île de Cité, mitten in Paris. Ich erinnere mich noch an meinen Gefühlsausbruch. Anscheinend hat mich der dazu geeilte Arzt mit einer Injektion ins Reich der Träume befördert.

Und ich habe Besuch bekommen und traue kaum meinen Augen: Kein anderer als der widerliche Hauptkommissar Albert Dalmasso steht im Raum, begleitet von zwei weiteren Männern, die nicht gerade sympathisch auf mich wirken.

„Na, sie Top-Journalist, sie Spürnase und selbst ernannter Sonderermittler und Hüter der Gerechtigkeit", sagt der immer etwas schmierig wirkende Hauptkommissar mit einem hämischen Unterton zu mir. „Was war das denn für eine Nummer im Alma-Tunnel?"

Kurzes Schweigen im Raum. Mir hat es die Sprache verschlagen, und die beiden anderen Typen schauen nur schweigend und einigermaßen blöd aus der Wäsche.

„Wollten sie einen Actionfilm drehen, oder was?" blökt Hauptkommissar Dalmasso mich lautstark und aggressiv an.

„Was ist mit Kommissarin Saidi?" frage ich Dalmasso und ergänze „Wo ist sie, wie geht es ihr?"

„Ich dachte dazu könnten sie mir etwas erzählen, Crawford!" entgegnet dieser mürrisch.
Ungläubig bringe ich nichts weiter als ein „Wie Bitte?" über die Lippen. Nachdem ich meine Fassung einigermaßen wieder erlangt habe frage ich nach:

„Was meinen Sie damit? Wissen Sie tatsächlich nicht, wo Hafida ist, und wie es ihr geht? Aber sie hat doch mit mir im Wagen gesessen! Was ist verdammt noch mal los?"

Hämisch und fies grinsend brummt Dalmasso:

„Nein, wir wissen es nicht, wir wissen nicht wo sie ist", und nach einer kurzen Pause fügt er hinzu „Und wir wissen auch nicht, wie es dieser aufmüpfigen jungen Emanze geht. Selbst schuld, sie hat sich durch den Alleingang selbst in Gefahr gebracht. Aber Sie scheinen ja etwas mehr als nur berufliches Interesse an Kommissarin Saidi zu haben."

Ungläubig blicke ich in die fiese Visage des Hauptkommissars und bemerke, dass sein Grinsen noch breiter wird, während die anderen beiden Kriminalbeamten das alles anscheinend auch noch witzig finden und kichern.

Unfähig noch irgendetwas zu sagen oder zu reagieren sinke ich fassungslos auf das Kissen in meinem Krankenbett zurück.

Es gibt Worte und Sätze die sind wie Dolchstöße. Worte wie Torpedos, Worte die verletzen, Worte die in die Seele eindringen und dort tiefe Wunden hinterlassen. Und manchmal sind die Verletzungen so schwer, dass sie unerträglich sind und nicht heilen wollen.

Ein gebrochener Arm, der heilt, und der Knochen wächst wieder zusammen. Kleine Fische! Das geht vorbei! Aber die Wunden der Seele…

Und es stimmt, der Hauptkommissar hat Recht. Ich muss mir eingestehen, dass Hafida Saidi, diese junge Kommissarin, die doch so viel jünger ist als ich, tatsächlich viel mehr für mich ist, als nur ein beruflicher Kontakt im Rahmen einer Recherche.

In meinem Kopf ist nur noch Leere, und ich bemerke erst nach einiger Zeit, dass Dalmasso und seine Begleiter gegangen sind.

Das ohnehin triste und trostlose Krankenzimmer wirkt noch kälter, noch unwirtlicher als ohnehin schon. Ich starre wie gelähmt an die mit grellem Neonlicht beleuchtete Decke.
Ich habe nur noch einen Gedanken, nur noch eine Frage in meinem Kopf: Wo ist Hafida? Wie geht es ihr? Lebt sie überhaupt noch?

Werde ich Hafida jemals wiedersehen?

13.

Wie schafft es eine Schnecke, ein eigentlich sehr weiches und verletzliches Tier, über eine Glasscherbe zu kriechen, ohne sich zu verletzen? Ungläubig sehe im fahlen Licht einer Laterne dem schleimigen kleinen Tier minutenlang zu, wie es über die Scherben einer zerbrochenen Rotweinflasche kriecht.

Meine Kleidung ist durchnässt, und die Feuchtigkeit und die Kälte kriechen langsam meine Gliedmaßen hinauf in meinen mit Hämatomen bedeckten Körper. Der Unfall hat farbenprächtige Spuren auf mir hinterlassen.

Es ist Nacht, und ich liege auf einer Bank am Rande des Jardin du Luxembourg. Plötzlich taucht ein Clochard auf, und der verwahrloste alte Mann macht mir wild gestikulierend klar, dass dies hier seine Bank ist, sein Nachtquartier. Seine Fahne, ganz offensichtlich eine Folge von nicht unerheblichen Konsum von billigem Landwein und sonstigem Fusel, ist so unerträglich, dass ich ohne Diskussion das Weite suche.

Meine linke Armbeuge schmerzt und ist blutverschmiert. Aber was ist geschehen? Und wie komme ich hierher?

In meiner Verzweiflung und meinem Schmerz bin ich aus dem Krankenhaus geflohen. Während der Übergabe beim Schichtwechsel des Pflegepersonals habe ich einen unbeobachteten Moment genutzt und bin einfach in die noch vom Unfall verdreckten Kleider gesprungen und aus dem Krankenzimmer gerannt, oder besser gesagt: gehumpelt. Die Braunüle im Arm habe ich mir selbst herausgerissen.

Danach bin ich ziellos durch das nächtliche Paris gelaufen, unfähig, einen klaren Gedanken zu fassen. Ich bin einfach nur kreuz und quer durch die Millionenstadt geirrt, in der völlig irrationalen Hoffnung, Hafida zu finden. Sinnlos! Verrückt! Was ist aus mir geworden, aus meinem sonst doch recht ordentlich funktionierenden Verstand? Aber ich bin zu müde, um überhaupt zu versuchen, logisch zu denken.

In einem kleinen Pavillon im Park, in dem tagsüber verliebte Liebespaare Händchen halten oder Heiratsanträge gemacht werden, finde ich doch noch einen Unterschlupf und etwas Schlaf.

Ein verwahrloster, verdreckter und verzweifelter Journalist fortgeschrittenen Alters nachts mitten in Paris in einem Park.

14.

Das dunkle Blau der Nacht weicht langsam der Morgenröte. Die aufgehende Sonne blinzelt mir ins Gesicht und ich erwache allmählich.

Ich bin völlig durchgefroren und erwarte ungeduldig und zitternd die ersten wärmenden Sonnenstrahlen.

Die Stadt weiß noch nicht, ob sie wach werden soll, aber eigentlich schläft diese große Weltstadt sowieso niemals so ganz. Nachts ist es, simpel ausgedrückt, einfach nur nicht ganz so laut und lebhaft wie tagsüber.

Noch bevor ich darüber nachdenken kann, wie es jetzt weitergehen soll, scheucht mich ein Parkwächter unsanft aus meinem ungewöhnlichen Nachtquartier. Der romantische Park soll ja schließlich ordentlich und sauber sein für die Touristen aus aller Welt.

Und im Augenblick passe ich überhaupt nicht in das Klischee einer romantischen Stadt. Dabei gibt es in Paris über 3500 obdachlose Menschen, meine Zeitung hat darüber mehrfach berichtet.

Und es gibt tausende von Menschen in dieser Stadt, die nur noch durch die kostenlosen Speisungen der „Restos du Coeur", der Restaurants der Herzen, satt werden.

Aber es ist einfach nur so, wie auch in vielen anderen Metropolen dieser Welt: Die Reichen werden immer reicher, die Armen immer ärmer, die sogenannte Mittelschicht wird kleiner, und kann sich die exorbitant steigenden Mieten in der Innenstadt nicht mehr leisten.

Die Schattenseiten dieser so prächtigen Stadt, der Stadt die ich Liebe, werden leider größer.

Ja, ich liebe Paris. Und ich liebe Hafida. Das wird mir immer klarer.

Langsam kehrt mein Verstand wieder zurück, und ich mache mich auf den Weg in mein Viertel. Ich beschließe, den nicht unerheblichen Weg zu meinem Appartement zu Fuß zu gehen. Erstens habe ich weder Geld für ein Taxi noch meine „Navigo-Karte" für die Métro dabei, und zweitens wird mir durch die Bewegung schneller wieder warm.

Dass die Passanten auf dem noblen Boulevard Saint Michel mich dabei angewidert anschauen, ist mir völlig egal. Ich gehe weiter, immer weiter, über die Seine, auf die Île de Cité, vorbei an der Kathedrale Notre Dame, wo nach der furchtbaren Brandkatastrophe noch immer gebaut und renoviert wird.

Weiter geht es Richtung Nordosten über den Boulevard Magenta in Richtung des Bahnhofes Gare de L´Est. Endlich erreiche ich mein Viertel und gehe zielstrebig in die Brasserie zu André. Erstens brauche ich sofort einen kräftigen Café, und zweitens hat André einen Zweitschlüssel zu meinem Appartement. Meinen Schlüssel habe ich bei dem Horrorunfall verloren. Als ich die kleine Brasserie betrete, schauen mich André und die wenigen Gäste irritiert an. Kein Wunder, so geschunden und verdreckt wie ich aussehe. Und wahrscheinlich rieche ich auch nicht gerade gut.

„Was ist los?", fragt der sonst so coole André sichtlich erregt. „Wir haben im Radio von dem Unfall im Alma-Tunnel gehört, warst du etwa darin verwickelt?"

Aber ich bin einfach noch zu überwältigt von den Ereignissen und unfähig, jetzt schon darüber zu reden. Außerdem sind mir zu viele andere Zuhörer im Raum. Also bitte ich André mit leiser Stimme nur um einen doppelten Espresso und meinen Schlüssel zum Appartement. Er merkt wie es mir geht und kommt wortlos meinen Wünschen nach. Hastig trinke ich den Espresso, bedanke mich mit einem knappen „Merci" und verlasse die Brasserie mit eiligen Schritten.

Verdreckt und so, wie ich aus dem Park davongelaufen bin, sinke ich in mein Bett und falle in einen tiefen Schlaf. Selbst für eine kurze Dusche fehlt mir jetzt die Kraft. Ich bin so erschöpft und schlafe so fest, dass ich erst später erfahre, dass mein Telefon mehrfach geläutet hat. Ist mir

egal. Immerhin lebe ich noch. Aber in den Alp-
träumen dieses Schlafes quält mich immer
wieder eine Frage:

Was ist mit Hafida?

15.

Ein neuer Morgen erwacht in Paris, und mit ihm ein geschundener und im Moment eher unansehnlicher Mann. Dieser Mann schaut in den Spiegel in seinem winzigen Bad, und er erkennt sich wieder. Dieser Mann bin ich, und ich erkenne im Spiegel den Journalisten Ronald Crawford, der für die Pariser Redaktion des New York Chronicle arbeitet. Na wenigstens weiß ich noch, wer ich bin, sage ich mir selbst blödelnd und einigermaßen dumm grinsend ins gespiegelte Gesicht. Aber selbst die Mimik tut weh. Der Unfall war heftig. Aber außer dass ich offensichtlich gerade mit meinem eigenen Spiegelbild rede, scheint die Schaltzentrale in meinem Dickschädel noch zu funktionieren. Schön. Man sollte sich ja auch über kleine Fortschritte freuen.

Also mache ich mich an die Arbeit und rasiere das stoppelige Gesicht im Spiegel. Schöner wird es dadurch zwar nicht, aber das ist mir egal.

Eine kräftige Dusche, wie immer mit meinem speziellen Freund, dem vergilbten und klebrigen Duschvorhang, ist sehr wohltuend und weckt mich endgültig auf. Und ich fasse einen festen Entschluss: Sollte ich einmal Geld übrig haben, was eher selten der Fall ist, wird in eine Duschkabine investiert!

Nachdem ich mir frische Kleider angezogen habe, sehe ich - im Rahmen meiner Möglichkeiten - Gott sei Dank wieder halbwegs passabel aus.

Schließlich mache ich mich auf den Weg in meine Redaktion, wo man mich sicherlich schon erwartet. Dort muss ich mir erst einmal ein neues Smartphone einrichten, denn meines hat den heftigen Unfall nicht überlebt.

16.

In der Redaktion am Boulevard Saint Germain ist mal wieder der Teufel los. Schon auf dem Gang höre ich unzählige Telefone läuten. Das Surren der Drucker und Gesprächsfetzen dringt an meine Ohren. Dieses Jahr, 2024, stehen nämlich die Olympischen spiele in Paris an, und da gibt es einiges zu berichten. Viele Sportwett-kämpfe sollen in der City stattfinden, und diese Pläne haben nicht nur Befürworter, sondern auch zahlreiche Kritiker: Man befürchtet ein noch größeres Verkehrschaos, als es ohnehin schon die Norm ist. Und da schwebt über allem auch die Sorge um die Sicherheit der Spiele. Millionen zusätzliche Besucher, Staatsgäste und Prominente aus aller Welt – wie sollen sie vor Terroranschlägen geschützt werden?

Fest steht: Absolute Sicherheit gibt es nicht, und der aktuelle Konflikt im Nahen Osten heizt die Situation noch mehr an.

Dann höre ich das typische Klackern von Absät-zen aus einem der Büros, und schon steht mei-ne Chefredakteurin Hélène vor mir. Noch bevor ich überhaupt ein „Bonjour" hervorbringen kann, kommt aus dem Mund der sonst so coolen und beherrschten Frau ein wahrer Wortschwall:

„Mon Dieu Ron! Wo warst du? Was um Himmels willen ist geschehen? Warum hast du dich nicht gemeldet? Wie geht es dir?" Und noch bevor ich überhaupt antworten kann fällt sie mir um den Hals und haucht leise „Gott sei Dank, du lebst noch!"

Als sich die Umarmung löst, sehe ich in ihr Gesicht, und stelle fest, dass ich sie noch nie so emotional erlebt habe. Und in ihren Augen glaube ich sogar ein paar kleine Tränchen zu erkennen.

„Du wirst dir doch wohl keine Sorgen um mich gemacht und mich vermisst haben" sage ich spontan, und bereue es sogleich.

„Idiot", sagt Hèléne, „Machst dich jetzt auch noch lustig über mich", und tritt mir gegen das Schienbein.

Inzwischen ist das ganze Team auf den Gang gestürmt, und es herrscht ein reges Durcheinander.

Hélène hat sich inzwischen wieder beruhigt, und da jetzt sowieso niemand mehr an seine normalen Aufgaben denken kann, bittet sie alle Anwesenden in den Konferenzraum.

Ich soll kurz selbst vor den Kolleginnen und Kollegen berichten, was mit mir los war und wo ich gesteckt habe. Das ist auch sehr sinnvoll, denn sonst müsste sie wahrscheinlich die Geschichte zigmal selbst erzählen.

Also sitze ich in dem großen Raum und erzähle

so gut ich kann, was geschehen ist. Es fällt mir nicht leicht. Emotionen kommen hoch, und manchmal erreicht dieses komische würgende Gefühl meine Kehle und macht das Sprechen schwer.

Alle spüren: Der erfahrene und abgebrühte Journalist Ronald Crawford hat Schlimmes durchgemacht, hat Todesängste und Verzweiflung erleben müssen.

Jede und jeder hört aufmerksam und still zu, und wenn ich eine Pause zwischen ein paar Sätzen mache, ist es totenstill in dem gut gefüllten Raum. Man könnte die sprichwörtliche Stecknadel fallen hören.

Als dieses ungewöhnliche Meeting nach einer guten Viertelstunde beendet ist und sich alle wieder ihrer Arbeit widmen , gehe ich mit Hélène in ihr Büro. Sofort organisiert sie ein neues Smartphone für mich und beauftragt unseren IT-Spezialisten, meine Kontakte und Daten auf das neue Gerät zu übertragen. Glücklicherweise mache ich – entgegen meiner sonstigen Unordnung – stets eine wöchentliche Datensicherung. Das zahlt sich jetzt aus, denn ansonsten wäre es ein zeitraubender Aufwand, alle Namen, Telefonnummern und so weiter wieder herzustellen. Und Zeit habe ich gerade jetzt nicht.

Dann hat Hélène auch gleich einen Auftrag für mich. Es gibt schon diesen Vormittag eine erneute Pressekonferenz im Polizeipräsidium, und es geht – wie nicht anders zu erwarten – um die Vorgänge in dem Park auf Montmartre und den Unfall im Alma-Tunnel. Ich soll anwesend sein und darüber berichten. Aber auch wenn sie es mir nicht aufgetragen hätte, wäre ich auf jeden Fall dort hin gegangen. Niemand hätte mich davon abbringen können. Jetzt erst recht will ich wissen: Was geschah in der Rue Mouffetard, und vor allem, was ist mit Hafida? Meine alte Spürnase, und auch mein steter Drang, die Wahrheit von Geschehnissen ans Tageslicht zu bringen, sind wieder erwacht! Investigativer Journalismus war, ist und bleibt meine Leidenschaft. Es ist kein x-beliebiger Job für mich, sondern mein Beruf. Und Beruf kommt von Berufung.

Doch bevor ich zur Pressekonferenz gehe, will ich unbedingt bei der Familie von Hafida anrufen.

Kaum dass ich die Nummer gewählt habe, hebt auch schon jemand ab. Es ist Fazil, Hafidas Bruder. Er ist sehr aufgeregt und fragt mich, ob ich neue Informationen über den Verbleib seiner Schwester habe, was ich leider verneinen muss. Wir sprechen nur kurz miteinander, und verabreden uns für den Abend im Haus der Familie in der Vorstadt Ivry-sur-Seine.

Die Pressekonferenz im Polizeipräsidium ist erneut sehr gut besucht, und nur mit Mühe ergattere ich einen freien Sitzplatz. Zu meiner Freude sitzt meine Berufskollegin Edith Bruel neben mir. Sie ist Journalistin und Moderatorin bei einem regionalen Radiosender, und ihre Spürnase ist mit Sicherheit genauso gut wie meine.

Die Veranstaltung beginnt mit einigen einleitenden Worten des Polizeipräsidenten, und ich traue fast nicht meinen eigenen Ohren und Augen: Auf dem Podium sitzt Hauptkommissar Albert Dalmasso! Man hat ihn nachdem Kommissarin Hafida Saidi spurlos verschwunden ist, erneut mit der Leitung der Ermittlungen beauftragt.

„Ausgerechnet dieser widerwärtige Schmierlappen", zische ich zu Edith herüber. Sie nickt zustimmend.
„Dieses A…", flüstert sie, und verkneift sich den Rest nur mit Mühe.

Dalmasso beginnt mit seinen Ausführungen, und Edith und mir fällt sofort auf, dass er nicht so lautstark und polternd wirkt, wie man es von diesem ungehobelten Klotz gewohnt ist. Er wirkt unsicher und gehemmt. Jeden Augenkontakt mit den Zuhörern vermeidend spricht er nicht frei, sondern liest mit fast schon zarter Stimme vom Blatt ab.

„Mit dem stimmt etwas nicht, da ist doch was faul", flüstere ich zu Edith. Sie nickt zustimmend.

Was Dalmasso dann berichtet, hat es dann auch

wahrlich in sich: Der im Park durch einen Kopfschuss getötete Mann war ein junger Polizist! Ein Raunen geht durch den Saal. Das hat niemand erwartet.

Dann berichtet ein ebenfalls auf dem Podium anwesender Ballistiker von den bisher bekannten Umständen der Bluttat. Er geht aufgrund des präzisen Schusses von der Tat eines Profis aus.

Dalmasso ergreift nach den Ausführungen des Kriminaltechnikers wieder das Wort und verliert sich in schwammigen Vermutungen. Da es sich offensichtlich um die Tat eines Profis handele, könnten Drogengeschäfte der Mafia dahinter stecken. Und der getötete junge Polizist wäre vielleicht in solche Geschäfte verwickelt, ergänzt er. Ein Raunen geht durch den Saal. Nicht nur ich bin erschüttert über diese Vermutungen und die Vorverurteilung eines Mordopfers. Das ist kein Bericht, das sind Spekulationen. Spontan kommt mir ein unheimlicher Gedanke: Nicht nur die Mafia hat Profis in Sachen Schusswaffengebrauch in ihren Reihen, sondern auch die Polizei! Mir wird heiß und kalt zugleich. Wenn das wahr sein sollte, steht jeder, der die Wahrheit ans Tageslicht bringen möchte, jetzt erst recht selbst im Fadenkreuz eines Killers! Edith schaut mich mit einem entsetzten Gesichtsausdruck an. Offensichtlich kamen ihr die gleichen Gedanken in den Sinn.

Noch bevor ich fragen kann, ob inzwischen etwas über den Verbleib von Kommissarin Hafida Saidi bekannt sei, greift Dalmasso das Thema auf. Man stünde erst ganz am Anfang der Ermittlungen. Es gäbe noch keine Spur von ihr. Außerdem hätte es sich um einen nicht abgesprochenen und daher illegalen Alleingang einer „unerfahrenen jungen Kommissarin" gehandelt, die außerdem „bekannt für ihre Aufmüpfigkeit" sei.

Mir schwillt der Kamm.

„Vermutungen und Verleumdungen!" rufe ich lautstark in Richtung Podium. „Was Sie da von sich geben, ist doch keine professionelle und seriöse Polizeiarbeit, Sie unverschämter Stümper!" brülle ich gleich hinterher.

Und dass jetzt ich selbst in meinem Job nicht professionell, sondern viel zu emotional war, wird mir augenblicklich klar, und hat sogleich die zu erwartenden Folgen: Ich werde des Saales verwiesen und muss sofort die Pressekonferenz verlassen. Macht nichts, denke ich. Es gab ja sowieso nur Vermutungen statt Fakten. So viele Fragen sind unbeantwortet. Kein Wort zu der Verfolgungsjagd und dem darin involvierten Fahrzeug. Es muss doch Spuren geben, zum Beispiel Aufnahmen von der Verkehrsüberwachung! Oder wurden etwa Spuren vernichtet? Ich bin frustriert.

Edith folgt mir kurze Zeit später, und wir beschließen, erst einmal etwas essen zu gehen.

115

Bei aller Hektik und Betriebsamkeit: Die Mittags-
pause und ein anständiges Menu sind den Franzosen heilig. Hier unterscheiden sich viele Deutsche von den Franzosen, und ich als Wahl-Pari-
ser habe diese Gewohnheit sehr gerne übernommen. Schade nur, dass man es - wie bereits
erwähnt - meinem Bauch ansieht. Egal. Man lebt
nur einmal. Und dann besser gemäß der Redewendung „Leben wie Gott in Frankreich"!

Ich darf das Restaurant aussuchen, und die
Wahl fällt mir in der Mittagszeit nicht schwer: Einige Minuten und nur ein paar Métro Stationen
später erreichen wir die Rue de Commerce, wo
sich das gleichnamige Restaurant befindet, das
„Café de Commerce". Auch bei den Einheimi-
schen ist es sehr beliebt.

Früher war in diesen Räumlichkeiten einmal ein
Kaufhaus, doch seit einigen Jahren gibt es hier
dieses empfehlenswerte Restaurant mit absolut
authentischem Pariser Flair und original franzö-
sischer Küche. Man kann à la Carte essen oder
eines der erschwinglichen Tagesmenus wählen.

Edith und ich unterhalten uns beim Essen angeregt über die Geschehnisse in der Rue Mouffetard, den Mord im Park auf Montmartre und das
Verschwinden von Hafida. Sie ist eine kluge und
emphatische Frau und bemerkt rasch meine
Emotionen in diesem Fall. Spontan beschließen
wir, ab sofort eng zusammenzuarbeiten. Ich berichte ihr, dass ich am Abend zu Hafidas Familie

fahren werde und lade sie ein, mitzukommen. Hoffentlich hat die Familie nichts dagegen. Nach dem Essen verabschieden wir uns und eilen in die unsere jeweilige Redaktion, um unsere Presseberichte zu verfassen. Zeitungen wollen jeden Tag gefüttert werden, und Radionachrichten sogar jede Stunde.

17.

Unzählige Lichter spiegeln sich glänzend auf dem nassen Asphalt. Unzählige Farben von unzähligen Lichtern: Autos, Leuchtreklamen, Métro-Stationen, Ampeln, Warnlichter, Schaufenster. Sie alle malen ein gewaltiges, farbenfrohes und sich stetig veränderndes Gemälde. Es ist das Gemälde einer Großstadt, was da an mir vorüberzieht. Man liebt es, oder man hasst es, und ich liebe es. Ich sitze im Ediths Wagen, und wir sind unterwegs nach Îvry-sur-Seine zu Familie Saidi. Sicherheitshalber habe ich vorher doch noch angerufen um zu fragen, ob es ihnen recht ist, wenn ich eine Berufskollegin mitbringe.

Wir erreichen unser Ziel, und mit einem mulmigen Gefühl im Bauch gehe ich mit Edith die wenigen Stufen zur Haustür hinauf. Noch bevor ich läuten kann, öffnet sich die Tür, und Hafidas Vater, Monsieur Saidi, steht vor uns. Sein sonst so warmes und freundliches Gesicht wirkt geradezu gespenstisch kalt und leblos. Der Mann leidet. Das ist unübersehbar, aber wie soll es auch anders sein. In dieser Situation muss die Familie ertragen, was eigentlich unerträglich ist.

Im Wohnzimmer berichten Edith und ich von der leider wenig informativen Pressekonferenz. Hafidas Bruder Fazil erzählt uns, dass er in seiner Verzweiflung gemeinsam mit Freunden hunderte Flugblätter mit dem Bild seiner Schwester in der ganzen Stadt aufgehängt und an Passanten verteilt hat. „Irgendjemand hat sie vielleicht zufällig gesehen oder etwas Auffälliges beobachtet", sagt der junge Mann mit einem hilflosen Gesichtsausdruck. Sicherlich weiß er, dass solche Aktionen kaum Aussicht auf Erfolg haben, aber man klammert sich in solcher Not an den kleinsten Strohhalm. Und nur vor dem Telefon zu sitzen und nichts gar nichts zu tun ist wahrscheinlich noch unerträglicher.

Edith verspricht, auch in ihrer bei den Parisern sehr beliebten Nachtsendung im Radio die Hörerschaft um verstärkte Aufmerksamkeit zu bitten. Manchmal kann die kleinste und scheinbar zufällige Auffälligkeit helfen, ein Verbrechen aufzuklären oder eine vermisste Person zu finden.

Nach einer guten Stunde verlassen Edith und ich die verzweifelte Familie mit sehr gemischten Gefühlen. Leider konnten wir weder Trost spenden noch etwas Konkretes zur Aufklärung beitragen.

Fast schon gespenstisch still verläuft unsere Rückfahrt in die Pariser City.

Erneut verbringe ich eine nahezu schlaflose Nacht und falle erst im Morgengrauen völlig erschöpft in einen kurzen und wenig erholsamen Schlaf. Ein entsetzlicher Alptraum weckt mich schon wenig später. Glücklicherweise kann ich mich kaum mehr an den Inhalt erinnern. Nur ein

Bild ist geblieben, besser gesagt ein Film: Wie durch einen Strudel hinabgezogen falle ich in einen unendlich tiefen Schacht, und drehe mich dabei schneller und schneller. Alleine schon bei dem Gedanken daran wird mir übel. Irgendwann habe ich mal folgenden Satz aufgeschnappt:

Die Angst frisst die Seele auf. Leider habe ich vergessen, von wem dieses Zitat stammt. Aber leider ist es oftmals so wahr.

18.

Übermüdet sitze ich vor meinem Schreibtisch in der Redaktion am Boulevard Saint Germain. Vor mir ein Berg voll Papier, mein Laptop, mein Smartphone und inzwischen schon die dritte Tasse Kaffee. Der Espresso in der Brasserie bei André heute Morgen war definitiv nicht ausreichend, um meine bleierne Müdigkeit zu vertreiben.

Noch bevor ich mir Gedanken über mein weiteres Vorgehen machen kann, läutet das Smartphone. Das Display zeigt Edith Bruel an. Augenblicklich bin ich hellwach und nehme das Gespräch an. Noch bevor ich ein „Bonjour" hervorbringen kann, legt Edith los:

„Ron, es gibt neue Informationen, und die sind echt heiß!"

Die sonst so ruhige Stimme der routinierten Radiomoderatorin klingt jetzt schrill und aufgeregt.

Sie berichtet mir von einem Anruf aus dem Polizeipräsidium. Der Anrufer wolle anonym bleiben. Aufgrund der Bluttat im Park bei Montmartre, bei der ja der Informant, ein junger Polizist, durch einen Kopfschuss ermordet wurde, bangt er nun um sein eigenes Leben. Und was er zu sagen hat, hat es in sich und ist mit großer Wahrscheinlichkeit kein Zufall: Der Computer und die Festplatten der Verkehrsüberwachung, auf der

Geschwindigkeitskontrollen und Rotlichtverstöße festgehalten werden ist – wie durch ein Wunder – defekt. Und ausgerechnet die Daten der Unglücksnacht seien dabei vollständig verloren gegangen!

„Aber es wird noch besser, Ron", höre ich Edith sagen.

„Der Informant konnte die angeblich defekten Festplatten heimlich aus dem Container für datensensiblen Sondermüll herausfischen und sie sogar unbemerkt aus dem Polizeipräsidium schmuggeln. Schon kurze Zeit später wäre alles geschreddert worden. Und es kommt noch viel besser", ergänzt sie.

„Nun rede schon!" rufe ich, vor Ungeduld fast platzend, in das Gerät, worauf sie fortfährt:

„Der junge Beamte ist mit der Festplatte zu einem Freund gefahren, der an der Sorbonne Universität als Professor für IT lehrt. Und im dortigen Labor konnten sie einzelne, nicht vollständig zerstörte Speicherchips der SSD-Festplatte retten und auslesen. Auf den dadurch geretteten Aufnahmen ist auch eine kurze Sequenz der verhängnisvollen nächtlichen Verfolgungsfahrt zu erkennen. Deutlich zu sehen der Renault Mégane von Hafida, und davor etwas verschwommen die schwarze Limousine. Sogar das Nummernschild und das Gesicht des Beifahrers sind zu erkennen."

Diese kurze Sequenz von ein paar Bildern wurde Edith zugespielt. Voraussetzung dafür war, dass sie ihre Quelle geheim hält. Nur Sie und ich wissen, dass ein Polizist und ein Professor der Sorbonne die Informanten sind.

Was für eine brisante Information! Endlich eine Spur! Edith und ich beschließen, uns mit meiner Chefredakteurin Hélène zu treffen, um das weitere Vorgehen zu besprechen, denn Eines ist klar: Erstens bewegen wir uns nun zumindest am Rande der Illegalität, und zweitens bringen wir uns spätestens jetzt ins Visier der skrupellosen Verbrecher, wer auch immer sie sein mögen! Wir müssen ab sofort äußerst diskret vorgehen.

19.

Der Square Laurent Prache ist ein kleiner Park am Rande der altehrwürdigen Klosterkirche Église de Saint-Germain-des-Prés, unweit unserer Redaktion.

Auf einer Bank in diesem Park sitze ich nun mit Hélène und Edith. Das Büro oder ein Café schienen uns ungeeignet als Treffpunkt. Zu viele Zuhörer. Und wir wollen zumindest im Moment auch keine weiteren Mitarbeiter unserer Redaktionen einbeziehen. Wir würden dann auch sie in Gefahr bringen, und außerdem: Wem kann man noch trauen?

Hélène staunt nicht schlecht, als Edith ihr die brisanten Bilder präsentiert. Allerdings stellen wir drei uns jetzt die Frage: Was fangen wir nun mit diesen Erkenntnissen an?

An die Pariser Polizei wenden? Etwa an Hauptkommissar Dalmasso? Völlig abwegig! Denn vielleicht stecken er oder auch andere Beamte hinter dem unglaublichen Zufall mit dem zerstörten Computer und der Festplatte. Also was tun mit den Bildern des Beifahrers und des Nummernschildes?

Edith schlägt schließlich vor, die Bilder anonym an die großen Fernsehsender zu geben. Vielleicht würde sich jemand melden, der das Gesicht erkennt.

Ich wende ein, dass wir dadurch auch möglicherweise schlafende Hunde im Polizeipräsidium wecken, und das könnte unseren Informanten, der die Festplatte hinausgeschmuggelt hat, gefährden. Also können wir uns damit zumindest im Moment nicht an die Öffentlichkeit wenden.

Und so sitzen wir drei mit hängenden Köpfen auf der Bank in dem kleinen Park und schweigen uns gegenseitig an. Kollektives Grübeln, denke ich.

Plötzlich richtet sich Hélène kerzengerade auf.

„Ich hab's!" tönt sie.

„Was hast du?" frage ich erstaunt.

„Die Autobahnen!" antwortet sie.

„Was ist damit, außer dass sie in Frankreich viele Gebühren kosten?" entgegne ich begriffsstutzig.

Hélène: „Die Mautstationen! Dort werden routinemäßig Scans von Gesichtern gemacht, um Straftäter und Schleuser dingfest zu machen!"

„Aber an die können wir uns mit unseren Bildern genauso wenig wenden wie an die hiesige Polizei oder die Öffentlichkeit! Und außerdem gibt es mehrere Betreibergesellschaften in Frankreich", wende ich ein.

Nach einer Weile ratlosen Schweigens meldet sich Hélène erneut: „Es gibt eine kleine Chance, das diskret und inoffiziell zu checken. Wenn die Verbrecher das Netz der SANEF (Societé des Autoroutes du Nord et de L´Est de la France, übersetzt etwa „Gesellschaft der Autobahnen in Nord- und Ostfrankreich") benutzt haben, habe ich einen passenden Kontakt, und der ist mir noch einen Gefallen schuldig!"

„Hélène!", platzt es spontan aus mir heraus, „wenn es dich nicht gäbe, müsste man dich glatt erfinden!"

Endlich ein kleiner Hoffnungsschimmer. Hélène teilt uns noch mit, dass sie noch heute ihren Kontakt ansprechen wird, und bittet Edith um die Bilder, um sie ihrem Kontakt diskret zukommen zu lassen. Dann beenden wir unsere kleine konspirative Besprechung.

Der Rest des Arbeitstages verläuft ohne besondere Ereignisse. Lustlos schreibe ich ein paar kurze Artikel über regionale Vorkommnisse. Alles kommt mir belanglos und unbedeutend vor. Aber ich muss meine Aufgaben erledigen. Die Zeitung will gefüttert werden. Doch mit meinen Gedanken bin ich ganz woanders…

20.

Der Tag neigt sich seinem Ende zu, und ich sitze in der Brasserie auf meinem Stammplatz am Tresen bei André. Gemeinsam knabbern wir an ein paar knusprigen und scharf gewürzten Hähnchenflügeln, die ich auf dem Heimweg in der Metzgerei von Farid gekauft habe.

Und auch Farid hatte nicht schlecht über meine Blessuren gestaunt. Von dem Unfall hatte er in der Zeitung gelesen und auch im Radio gehört. Der Vorfall war im ganzen Viertel Gesprächsthema. Und alle sind entsetzt über das Verschwinden von Hafida, denn auch viele Menschen hier haben ihre Wurzeln und Vorfahren in den Maghrebstaaten im Norden Afrikas.

„Sie ist eine von uns", sagte der freundliche Metzger bei meinem Einkauf zu mir, und ergänzte: „Aber obwohl wir nun alle Franzosen und alle gleich viel wert sind, werden wir doch nicht überall gleich behandelt."

Leider hat er Recht.

Ich erzähle André von der kleinen Unterhaltung mit Farid, und er nickt zustimmend. Und jetzt habe ich endlich die Gelegenheit, mich mal wieder in Ruhe mit André zu unterhalten. Tut gut. In meiner kleinen Mansarde würde mir die Decke auf den Kopf fallen. Die Zeit vergeht im Gespräch wie im Fluge, und die Uhr an der Wand hinter dem Tresen zeigt kurz vor zwei Uhr früh an.

Dann ist es plötzlich mit der Gemütlichkeit vorbei. Mich erreicht ein Anruf. Hélènes Name ist auf dem Display zu lesen, und wenn sie um diese Zeit anruft, hat es einen triftigen Grund.

Sofort nehme ich das Gespräch an, und noch bevor ich etwas sagen kann, höre ich ein lautes „Bingo, wir haben einen Treffer" aus dem Gerät tönen.

Aufmerksam höre ich zu, was Hélène zu sagen hat. Hastig berichtet die sonst so kontrollierte Frau. Tatsächlich wurde das Fahrzeug gesichtet! Es sei an der Anschlussstelle Saint-Avold von der Autobahn abgefahren und dort gescannt worden. Dort verläuft die A4 von Paris in Richtung Strasbourg. Ich kenne diese Ausfahrt sehr gut. Viele Verkehrsteilnehmer, die dort abfahren, haben Deutschland als Ziel, und die Grenze zum Saarland ist nur wenige Kilometer entfernt. Und auch ich bin dort schon mehrfach abgefahren. Führt die Spur der Verbrecher etwa nach Deutschland? Vielleicht sogar ins Saarland? Ich habe dort Freunde und Familie. Sofort teile ich Hélène meine Vermutung mit.

„Im Saarland gibt es ein Sprichwort", sage ich zu Hélène, „Und das geht etwa so: Man kennt jemanden, der einen kennt, der einen kennt". Sie scheint etwas verwirrt zu sein, und deshalb erkläre ich ihr kurz diesen zugegebenermaßen ungewöhnlichen Satz: Das Saarland ist nicht sehr groß, die Leute bodenständig, und es gibt jede Menge nützliche Beziehungskisten und Kontakte − und das für fast alle Lebenslagen!

Und so ist es auch bei mir, jetzt habe ich vielleicht den passenden Kontakt: Mareike, die Freundin meines Neffen Pascal, ist Polizistin in Völklingen, und vielleicht ist ja bei den deutschen Behörden das Fahrzeug oder das Gesicht aktenkundig? Ich muss dorthin! Möglicherweise kann Mareike ja diskret, sozusagen auf dem kleinen Dienstweg, einen Suchlauf mit den Bildern durchführen. Jedenfalls steht mein Entschluss fest, und ich teile ihn meiner Chefredakteurin auch gleich mit: Der erste TGV vom Gare de L`Est fährt am Morgen um 9:05 Uhr los und erreicht Saarbrücken um 10:56 Uhr. Den möchte ich nehmen. Hélène stimmt zu und ergänzt mit ernster Stimme nur „Sei vorsichtig, und viel Erfolg!"

André, der das Gespräch mitgehört hat, wünscht mir ebenfalls viel Glück. Auf seine Verschwiegenheit kann ich mich verlassen. „Pass auf dich auf, mein Freund", sind seine Worte zum Abschied. Er wirkt sehr ernst. Wo bin ich da schon wieder hineingeraten? Ich will die Wahrheit herausfinden, und ich will Hafida wiederfinden − falls sie überhaupt noch lebt.

21.

9:05 Uhr, Gare de L`Est, Gleis 14, der TGV rollt an. Pünktlich. Im Gegensatz zur Deutschen Bahn ist auf die SNCF meist Verlass. Ich sitze am Fenster im oberen Teil eines TGV-Duplex. Nachdem die Banlieus, die Vorstädte von Paris, schnell durcheilt sind, folgt die weite Landschaft der Champagne, und schon zeigt das Informationsdisplay 320 km/h an. In unter zwei Stunden rund 390 km von Paris nach Saarbrücken, das ist immer wieder faszinierend. Vor Saarbrücken hält der rasante Zug nur einmal kurz in der kleinen französischen Grenzstadt Forbach. Dann sind es nur noch wenige Minuten bis Deutschland. Langsam und polternd rollt der TGV über die schon recht betagte Bahnbrücke über die Saar. Aus dem Fenster bietet sich mir ein vertrautes Bild.

Meine Armbanduhr zeigt 10:56 Uhr an. Der elegante Hochgeschwindigkeitszug ist auf die Minute pünktlich und rollt langsam und majestätisch auf Gleis 12 in den Hauptbahnhof Saarbrücken ein.

Auf dem Bahnsteig wartet bereits mein Neffe Pascal. Ich hatte ihn noch in der Nacht angerufen, um ihn von meinen gewagten Plänen zu unterrichten. Zuvor hatte ich mir noch ein Prepaid Handy in einem der Nachtläden im Gare de L´Est besorgt. Mag sein, dass ich jetzt schon an Verfolgungswahn leide, aber möglicherweise wird ja schon mein offizielles Smartphone abgehört.

Pascal ist wenig erfreut darüber, dass ich Marei-ke auf diese Art und Weise in die Sache hinein-ziehen möchte. Zwar versteht er meine Motive, jedoch befürchtet er, sie könne Ärger bekommen oder sogar ihren Job verlieren.

Mit Pascals Sportwagen fahren wir über die Bundesstraße B51 in Richtung Völklingen. Die Autobahn A620 ist wieder einmal wegen Über-flutung durch die Saar gesperrt. Ich bin ungedul-dig, und so nervt mich die Fahrt noch zusätzlich. Es herrscht viel Verkehr wegen der Hochwas-serumleitung, und in Saarbrücken-Burbach springt doch tatsächlich jede Ampel auf Rot, wenn wir näher kommen. Ätzend!

Endlich erreichen wir Völklingen, und dann auch das dortige Polizeirevier. Mareike hat uns schon beim Einparken durch ein Fenster gesehen und kommt uns entgegen. Eines muss man meinem Neffen lassen: Er hat einen guten Geschmack! Seine Freundin ist nicht nur intelligent, sondern sieht auch noch echt gut aus, selbst in Uniform!

„Wäre ich nur halb so alt wie ich bin, würde ich mich doch glatt mal gerne von dir verhaften las-sen", begrüße ich flapsig die junge Frau. Aus Höflichkeit lächelt sie kurz, aber gequält. Mein Versuch, die Situation etwas aufzuheitern, ist of-fensichtlich gescheitert.

Mareike begrüßt mich knapp mit einem „Salut Ron", und ergänzt „Wir machen es offiziell, oder gar nicht!"

Wortlos nicke ich zustimmend. Was soll ich auch sonst tun?

Während sich Pascal, er ist Fitnesstrainer und Manager eines gut gehenden Studios, auf den Weg zu seiner Arbeitsstelle macht, betreten Mareike und ich das Büro ihres Chefs. Hauptkommissar Wagner, der Leiter der Polizeiinspektion, strahlt Ruhe und Souveränität aus. Sicherlich ist er ein erfahrener Beamter. Aber hat er auch den Willen und die Möglichkeiten, mir in diesem Fall zu helfen? Mareike hat ihn vorab nur grob informiert, und so erzähle ich dem Mann, was bisher geschah, einschließlich meines Verdachts, dass Pariser Polizeibeamte darin verwickelt sein könnten. Natürlich hören Polizisten solche Verdächtigungen nicht gerne, denn sicherlich haben die allermeisten von ihnen diesen Beruf gewählt, weil sie an den Rechtsstaat und die Gerechtigkeit glauben. Für ehrliche Polizisten muss der Gedanke an korrupte und kriminelle Kollegen unerträglich sein!

Kommentarlos hört sich Mareikes Vorgesetzter meine unglaubliche Geschichte an, überlegt kurz, und greift zum Telefon.

„Ist der Verhörraum frei, und ist das Computerterminal dort bereit? Okay. Gut. Und bringen Sie eine Kanne starken Kaffee mit. Und ich will nicht gestört werden, klar? Danke!" sind seine Worte an die Person am anderen Ende der Leitung. Hauptkommissar Wagner ist hier der Boss, daran herrscht kein Zweifel, denke ich. Er hat „den Hut auf", wie man sprichwörtlich sagt.

22.

In Völklingen beginnt langsam die Abenddäm-
merung, und das Rot der untergehenden Sonne
taucht die mächtigen Hochofen- und Hüttenanla-
gen in ein spektakuläres glühendes Licht. Wo
heute nur noch das Sonnenlicht der Dämmerung
glüht, ist jahrzehntelang glühendes Eisen und
Stahl geflossen. Tausende von Arbeitern haben
hier gearbeitet und zum Wiederaufbau und
Wohlstand des kleinsten Bundeslandes beige-
tragen. Das ist lange her, und die Anlage ist
längst verlassen. Aber zu meiner Freude wurde
sie vor einigen Jahren in das Weltkulturerbe der
UNESCO aufgenommen.

Ich sitze noch immer mit Hauptkommissar Wagner in dem Raum in der Polizeiinspektion Völklingen. Inzwischen hat uns Mareike einen kleinen, original saarländischen Imbiss gebracht:
Echte saarländische „Rostwürste im Weck" von
der kleinen, ebenso typischen Imbissbude am
Marktplatz. Wahrscheinlich nicht sehr gesund,
aber hier sehr beliebt. Seit Stunden schaue ich
mir Gesichter auf einem Computerbildschirm an,
während Wagner am Telefon mit einem Kollegen diskutiert, ob man die Fotos der Mautstation
Saint-Avold einscannen und einen computerge-
stützten Suchlauf starten könne.

Für Hauptkommissar Wagner ist das offensichtlich nicht nur ein lästiger, weil ungewöhnlicher
und anstrengender Fall. Vielmehr spüre ich,

dass er mit voller Konzentration und Engagement bei der Sache ist. Längst ist seine Dienstzeit zu Ende, und wenn er wollte, könnte er schon eine Weile mit einem guten saarländischen Bier Zuhause auf dem Sofa sitzen. Im Augenwinkel sehe ich, wie sich die kräftigen Hände dieses stattlichen Mannes in sein noch volles Haar graben. Geht ihm das Schicksal des getöteten jungen Polizisten in Paris genauso nah wie mir? Oder das Verschwinden von Hafida?

Ich klicke mich noch immer Bild für Bild durch die Kartei von derzeit flüchtigen Straftätern oder Verdächtigen, und tatsächlich, da ist es! Ein Bild erscheint auf dem Monitor, welches mit großer Wahrscheinlichkeit dieselbe Person zeigt wie das Bild aus Paris!

„Das könnte er sein!", rufe ich in den inzwischen stickigen Raum. Wagner springt zu mir herüber, und mit ein paar Mausklicks sind vergrößerte Ausschnitte von Augen, Nase und Mundpartie auf dem Bildschirm. Ruhig und routiniert vergleicht er diese Details mit den inzwischen ebenfalls vergrößerten Ausschnitten des Pariser Bildes.

„Was ist jetzt?" frage ich ungeduldig.

„Ruhe, warten Sie's ab!" brummt Wagner.

Dann höre ich das Wort dass ich hören wollte:

„Treffer!" sagt Wagner.

Er öffnet die zu dem Bild gehörenden Daten und Texte. Leider darf er mir nicht alles mitteilen, die strengen Datenschutzbestimmungen lassen das nicht zu. Aber ein paar Informationen bekomme ich, nachdem er mich zur Verschwiegenheit verpflichtet hat.

Der Typ auf dem Foto ist zwar in Deutschland noch nicht als Straftäter verurteilt worden, aber im Rahmen einer Überwachung wurde er fotografiert. Es handelte sich seinerzeit um Ermittlungen im Zusammenhang mit Devisenschmuggel. „Seit dem Schengen-Abkommen gibt es an den Innengrenzen der EU-Mitgliedsstaaten bekanntlich nur noch sporadische Kontrollen", erläutert Wagner. „Und das gilt insbesondere auch für die deutsch-französische Grenze."

Jedoch gab es vor einigen Wochen bei einer Saarbrücker Privatbank erhebliche Differenzen bei den Bargeldbeständen. Daraufhin wurden einige Kontrollen am Grenzübergang Goldene Bremm zwischen Saarbrücken und Forbach durchgeführt. Bei einer dieser Stichproben verhielten sich die Insassen eines französischen Autos auffällig nervös, und bei der anschließenden Durchsuchung des Fahrzeuges fanden die Beamten der Bundespolizei hinter einer Türverkleidung eine fünfstellige Summe Bargeld. Und bei eben dieser Kontrolle wurden von einer Überwachungskamera auch Bilder von den

Fahrzeugen vor und hinter dem durchsuchten Auto gemacht. Bei einem dieser Fahrzeuge stellte sich heraus, dass das Nummernschild gefälscht war, und in diesem Fahrzeug saß der Mann auf dem Bild.

Wagner zeigt mir weitere Bilder der Überwachungskamera an der Goldenen Bremm, und dann gibt es keine Zweifel mehr, dass die Spur heiß ist: Es war der gleiche Fahrzeugtyp wie bei der Verfolgungsjagd und dem anschließenden Unfall im Alma-Tunnel! Wieder war ein gefälschtes Kennzeichen montiert. Das kann kein Zufall sein, und tatsächlich scheint der Ganove zwischen Saarbrücken und Paris zu pendeln!

Aber es sind noch viele Fragen offen:

Ist der Unbekannte auf dem Foto ein Geldkurier?
Was steckt hinter den Fehlbeständen bei der Saarbrücker Privatbank? Und für mich entscheidend: Hat dies alles einen Bezug zu den Geschehnissen in der Rue Mouffetard?

Wagner ist für einen Moment schweigsam und kaut angespannt an seinem Kugelschreiber. Anscheinend stellt er sich dieselben Fragen wie ich.

„Wir kommen alleine nicht mehr weiter. Ich rufe jetzt die Kollegen vom Landeskriminalamt an, die in der Angelegenheit mit den fehlenden Bargeldbeständen der Privatbank ermitteln." stößt er schließlich hervor.

Gesagt, getan. Hauptkommissar Wagner telefoniert mit einem Beamten des LKA. Es dauert eine ganze Weile, aber natürlich bekomme ich nur Wagners Worte mit, und nicht die seines Gesprächspartners. Ich habe das Gefühl, vor Neugier und Ungeduld zu platzen. Endlich ist das Gespräch beendet, und mit großen Augen schaue ich ihn an.

Wagner erzählt, dass es bereits Observationen des LKA gibt, und dass diese möglicherweise auch unseren Verdächtigen betreffen. Diese Aktionen sind die Folge von Hinweisen eines besorgten Anwohners: Ein Hundebesitzer aus dem nahegelegenen Ort Bous meldete sich bei der Polizei, weil er ungewöhnliche nächtliche Beobachtungen gemacht hat: Der Mann ist Schichtarbeiter in einem Stahlwerk in Bous, und nach der Mittagschicht, also abends nach 22:00 Uhr, dreht er gerne noch eine Runde mit seinem Hund. Sein Spaziergang führt ihn oft in die Nähe eines schon vor Jahren verlassenen Klosters am Ortsende von Bous. Dort sind ihm mehrfach dunkle Limousinen mit französischen Kennzeichen aufgefallen, aber auch ein SUV mit Saarbrücker Kennzeichen. Die Fahrzeuge haben sich sofort entfernt, wenn die Fahrer den Gassigeher bemerkt haben. Einmal konnte er sogar ein französisches Nummernschild notieren, aber dieses stellte sich als gefälscht heraus.

„Und jetzt?", frage ich Wagner, „Wie geht es jetzt weiter?"

Wagner schaut mich an. „Es gab ein Detail, eine Besonderheit bei den Beobachtungen des Hundebesitzers: Alle Vorfälle ereigneten sich samstags!"

Wagner äußert die Vermutung, dass der Wochentag Samstag bewusst ausgesucht wurde. An den Samstagabenden gäbe es für die Polizei oft mehr zu tun, zum Beispiel wegen Streitereien in der Gastronomie und wegen zusätzlicher Alkoholkontrollen. Und das, was der Hauptkommissar mir dann mitteilt, versetzt mich augenblicklich in eine Art Jagdfieber: Er erklärt, dass in der nächsten Samstagnacht - und das ist bereits morgen Abend - eine Polizeiaktion geplant ist! Im bewaldeten Umfeld des verlassenen Klosters würden Kriminalbeamte des LKA auf der Lauer liegen, und hinter dem nahegelegenen Seniorenheim wären Teams des Sondereinsatzkommandos mit hoch motorisierten und gepanzerten Fahrzeugen in Bereitschaft. Diese Aktion soll gemeinsam mit französischen Kräften durchgeführt werden, da sich das Einsatzgebiet ja sehr nah der Grenze befindet. Über die neue, gut ausgebaute Bundesstraße B269 dauert es nur wenige Minuten von Bous bis über die Grenze. Sollte es Fluchtversuche in Richtung Frankreich geben, könnten die französischen Kollegen sofort nacheilen und die Verfolgung übernehmen.

Ich bekomme Gänsehaut. Besorgt frage ich, ob die Pariser Polizei informiert oder beteiligt ist, was Wagner verneint. Er versteht meine Bedenken. Ich hatte ihm ja ausführlich von den Geschehnissen in Paris berichtet.

Die Frage, ob ich bei der Polizeiaktion, die in der nächsten Nacht am verlassenen Kloster in Bous stattfinden soll, anwesend sein darf, hätte ich mir sparen können.

„Das geht vielleicht in den USA oder im Kino, aber nicht in Deutschland! Viel zu gefährlich!" höre ich von Wagner.

Dass deutsche Beamte immer so korrekt sein müssen, denke ich. Aber er hat mir sowieso schon mehr gesagt, als erlaubt war. Vorher hat er mir noch klar gemacht, dass er mir höchstpersönlich meinen Presseausweis entzieht, falls ich mich nicht an die vereinbarte Verschwiegenheit halte oder plötzlich bei der Polizeiaktion auftauche. Und außerdem käme ich dann in den Genuss ganz besonderer saarländischer Gastfreundschaft, und zwar in Form einer kostenlose Nacht auf Staatskosten in einer eher ungemütlichen Zelle in der Polizeiinspektion Völklingen.

Der Mann redet Tacheles. Aber das mag ich ja. Ist schon okay so. Endlich passiert etwas!

Den restlichen Abend verbringe ich in dem Fitnessstudio, in dem Pascal arbeitet. Ich bin seiner Einladung zu einem Probetraining gefolgt. Das würde mir gut tun, meinte mein stets freundlicher Neffe mit seinem einladenden Lächeln. Als ich schon nach kurzem Training schwitze, als hätte ich soeben den Iron-Man auf Hawaii absolviert, kommen mir erste Zweifel. Ich habe das Gefühl, jedes einzelne Gramm meines Übergewichts zu spüren. Vor meinem inneren Auge sehe ich meinen Metzger Farid und eine riesige Tüte Merguez und Hähnchenflügel. Das ist die bittere Rache der Kalorien, denke ich.

23.

Samstagvormittag. Bis „etwas passiert" dauert es noch ein paar Stunden. Ich habe beschlossen, den Vormittag in Metz zu verbringen. Diese schöne lothringische Stadt ist ein echtes Juwel. Nur etwa 50 Kilometer von Bous entfernt, ist sie immer ein lohnendes Ziel. Es gibt viel zu entdecken: Die berühmte Kathedrale Saint Etienne mit ihren Fenstern von Marc Chagall, der Marché Couvert, die Altstadt, kleine Galerien, viele Restaurants. So vergeht die Zeit wie im Fluge, und die Eindrücke halten mich wenigstens etwas vom Grübeln ab.

23:35 Uhr. Ich sitze auf dem Rücksitz eines Zivilfahrzeugs der Völklinger Polizei. Am Lenkrad ist Mareike, auf dem Beifahrersitz Hauptkommissar Wagner. Offiziell sind die beiden nicht mehr an der Aktion beteiligt, das ist jetzt Sache des Sondereinsatzkommandos. Aber Wagner will unbedingt vor Ort sein und wissen, was passiert. Und ich konnte Wagner in einem langen Telefonat doch noch dazu bewegen, mich mitzunehmen.

Wir stehen gut getarnt zwischen ein paar Autos eines Gebrauchtwagenhändlers an der B51 in Bous, die hier Saarbrücker Straße heißt. Wagner geht davon aus, dass die Verdächtigen bei einer eventuellen Flucht hier vorbei in Richtung der Orte Wadgassen oder Überherrn fliehen werden, um sich über die nahgelegene Grenze nach Frankreich abzusetzen. Im dünn besiedel-

ten Lothringen, mit seinen vielen kleinen Land-
straßen, wären sie dann nur schwer zu finden.

01:27 Uhr. Die Luft in unserem Wagen wird
klamm, und die Scheiben beschlagen immer
mehr. Der starke Kaffee in der Thermoskanne,
die Wagner mitgebracht hatte, ist längst leer.
Dann geschieht das, was unvermeidlich ist:

Mareike blickt zu uns herüber.
„Ähm..., ich muss mal."

„Dann aber flott!" brummt Wagner.

Mareike öffnet leise die Tür und schleicht leicht
gebückt hinter das Auto, um sich zu erleichtern.
Wagner und ich fangen nahezu gleichzeitig an,
leise zu kichern, und wir philosophieren sogleich
über die grandiosen Vorteile des „im Stehen Pinkeln Könnens".

„Typisch Männer", zischt Mareike genervt von
hinten, und es folgen einige geflüsterte Flüche,
an die ich mich glücklicherweise nicht mehr erinnern kann. Und noch ehe sie den Reißver-
schluss ihrer Jeans ganz hochgezogen hat, hören wir durch die noch offene Wagentür eindeuti-
ge Geräusche von Schüssen, und die kommen
aus der Richtung des verlassenen Klosters.

Sekunden später sitzt Mareike wieder hinter
dem Lenkrad, der Motor unseres Fahrzeuges
läuft, das Automatikgetriebe steht auf D, und

schon geht es turbulent los: Eine unbeleuchtete dunkle Limousine rast mit Vollgas an uns vorbei in Richtung Ortskern von Bous, gefolgt von zwei deutschen und einem französischen Einsatzfahrzeug. An den sehr unterschiedlichen Sirenen kann man sie gut unterscheiden. Wir hängen uns dran - mit etwas Sicherheitsabstand und nur als Beobachter, wie vom LKA verlangt.

Die Saarbrücker Straße, sonst um diese Zeit wenigstens etwas ruhiger als tagsüber, ist plötzlich eine gespenstische Szenerie aus grell flackernden Blaulichtern, Motorengeheul und Sirenen, deren Echos von den Häuserwänden hin und her reflektiert werden.

Über den digitalen Polizeifunk hören wir, dass ein junger Beamter des Sondereinsatzkommandos bei dem Schusswechsel am Kloster verletzt wurde und sich noch dort befindet. Bereits bevor Wagner über die Rettungsleitstelle einen Notarzt alarmiert hat, habe ich über mein Handy einen alten Freund erreicht, der nur ein paar Straßen oberhalb des Klosters wohnt. Es ist Dr. Thorben Nadler, Hausarzt in Bous und erfahrener Notarzt. Glücklicherweise geht er ans Telefon, und noch bevor unser kurzes Gespräch zu Ende ist, höre ich schon am anderen Ende, wie sein Auto angelassen wird und er losfährt. Mitten in der Nacht, um circa Viertel vor Zwei, vom Tiefschlaf, in die Hose, ins Auto, in unter drei Minuten - ja, das ist Thorben! Ein Arzt aus Berufung!

Derweil folgen wir drei in dem Zivilfahrzeug der Völklinger Polizei mit etwa 100 Metern Abstand den Flüchtenden und den Einsatzkräften. Mit wahnsinnigem Tempo geht die Fahrt durch die beiden Kreisverkehre am Ortende von Bous, und - wie zu erwarten - über die Bundesstrasse 269 in Richtung Frankreich.

In Frankreich wird die B269 zur Nationalstrasse N 33, und bei Creutzwald verlassen die Flüchtenden mit waghalsigen Fahrmanövern die gut ausgebaute Route. Eine Weile kann das deutsch-französische Team noch dran bleiben, doch dann, irgendwo im Wald zwischen Creutzwald und Niedervisse, verschwindet das noch immer unbeleuchtete Fluchtfahrzeug in der Dunkelheit!

Die französischen Kollegen informieren uns, dass in einem Umkreis von 30 Kilometern um das kleine Dörfchen Niedervisse herum Straßensperren eingerichtet wurden und dass da niemand durchschlüpfen könne. Außerdem bieten sie uns an, gemeinsam mit ihnen in der provisorischen Einsatzzentrale in der Gendarmerie von Boulay zu verweilen.

Sonntagmorgen. Die Warterei nervt, aber wir können im Moment nichts tun, außer nachzudenken vielleicht. Die französischen Kollegen haben aus einer der Boulangerien des kleinen Städtchens frische Croissants und Baguette mitgebracht. Während wir das frische Gebäck genießen, bietet sich mir die Gelegenheit, den französischen Einsatzleiter, Commandant Luc Mayer, über die Geschehnisse in der Rue Mouffetard zu informieren. Wagner, Mareike, und die Leute vom Sonderkommando des saarländischen LKA hören ebenfalls aufmerksam zu. Während alle im Raum darüber nachdenken, wo der Schlüssel zur Lösung dieses Falles ist, erreicht den Leiter des saarländischen Sonderkommandos eine interessante Information, die er uns auch unverzüglich wissen lässt:

Wenige Minuten vor den Ereignissen am verlassenen Kloster in Bous wurde ein Fahrzeug in Saarbrücken auf der B51 in einen Unfall verwickelt. Soweit nichts Besonderes, so etwas passiert jeden Tag. Wenn da nicht folgende Details wären: Bei dem Fahrzeug handelte es sich um einen Firmenwagen einer Saarbrücker Privatbank, und gefahren wurde er nicht von irgendwem, sondern vom Leiter der Abteilung für französische Immobilienprojekte. Und in dem beim Unfall zerstörten Gepäck im Kofferraum des Fahrzeugs befand sich eine hohe sechsstellige Bargeldsumme!

Wer soll da noch an Zufälle glauben? Ich äußere dann auch gleich meinen Verdacht in die Runde: Das Geld war möglicherweise für die flüchtigen Gangster bestimmt, die offensichtlich als Geldboten fungieren sollten. Und Immobilien in Paris - gerade im Olympia-Jahr 2024 - das ist immer ein Thema. Ist da der Zusammenhang zur Rue

Mouffetard?

Aber nun sind unsere Verdächtigen entkommen, und möglicherweise konnten sie inzwischen ihre Komplizen in Paris vorwarnen. Keine gute Entwicklung für Hafida, sollte sie sich tatsächlich in den Händen der Kriminellen befinden.

Gemeinsam mit Commandant Mayer stehe ich vor einer detaillierten Landkarte von Lothringen. Einigermaßen ratlos starren wir auf die Karte, als mein Blick auf ein Detail fällt: Auf die Bezeichnung „Ban Saint Jean".

„Gibt's das Ban Saint Jean noch?" frage ich Mayer.

„Ja, inzwischen ist es eine Gedenkstätte geworden", antwortet dieser.

Das Ban Saint Jean ist wahrlich ein Ort mit grausamer Geschichte: Es entstand 1937/38, und war erst Siedlung für Offiziere der Maginot-Linie im 2. Weltkrieg. Nach der Eroberung durch die deutsche Wehrmacht diente es als Kriegsgefangenenlager für russische und ukrainische Kriegsgefangene. Es sollen über 20.000 Soldaten dort begraben sein. Nach dem Krieg diente es zeitweise als Übungsgelände für die französische Armee. Übrig geblieben sind zerschossene Ruinen. Aus zerstörten Fenstern und Dächern wachsen Bäume, Wege und Straßen sind von Ranken überwuchert. Als junger Fotograf habe

147

ich einmal eine Reportage darüber gemacht, und noch heute erinnere ich mich an die Gänsehaut, die ich auf meinem Rücken hatte, während ich damals durch die Ruinen kroch. Die Erde dort ist mit Blut getränkt worden. Und das gleich mehrfach.

Commandant Mayer und ich sind uns einig: Das wäre ein mögliches Versteck der geflohenen Gangster! Nur: Wenn sie tatsächlich dort sind, wie bekommt man sie da heraus, ohne eigene Leute zu gefährden? Abwarten? Aushungern? Dauert viel zu lange!

Mayer beschließt, die CRS, die „Compagnies Républicaines de Sécurité" hinzu zu ziehen. Diese Spezialeinheit der Police Nationale verfügt über die Mittel und die Fähigkeiten, solche Einsätze zu realisieren.

Und so dürfte die Bevölkerung von Boulay-Moselle und der verschlafenen kleinen Dörfer in der Umgebung nicht wenig staunen, als an diesem ansonsten ruhigen Sonntag der dritte Weltkrieg auszubrechen scheint. Vor Ort dabei sein können wir natürlich nicht, aber über Funk können wir die Entwicklungen mitverfolgen:

Panzerwagen der CRS nähern sich über die Landstraße und alle möglichen Feld- und Waldwege dem besagten Ban Saint Jean und ziehen eine immer engere Schlinge um die verlassene Siedlung. Über Lautsprecherdurchsagen wird ständig dazu aufgerufen, das Gelände unverzüglich zu verlassen. Man muss sicher gehen, dass keine Wanderer, Jäger oder Pilzesammler versehentlich in die Schusslinie geraten.

Schließlich ist das Ban Saint Jean eng umstellt, und man fordert die Verdächtigen auf, mit erhobenen Händen ihr Versteck zu verlassen. Aber es geschieht nichts.

Zermürbende Gedanken machen sich in meinem Kopf breit: Was, wenn sie gar nicht dort sind? Dann wäre alles vergebens, und vermutlich würde sich die Presse über die Police Nationale und die CRS auch noch lustig machen. Und die möglicherweise in die Sache verstrickten Beamten der Pariser Polizei wären gewarnt, und dann gäbe es für Hafida wohl keine Chance mehr.

Aber die Leute der CRS geben nicht einfach auf, und lange Diskussionen sind sowieso nicht deren Hauptkompetenz: Drohnen mit optischen Kameras und Wärmebildkameras werden über dem Gelände in Stellung gebracht, und nach einer erneuten Warnung über Lautsprecher bricht ein Inferno im Ban Saint Jean los: Erst erfolgt ein massiver Einsatz von Gasgranaten mit CS-Gas und Tränengas, und der verfehlt seinen Zweck nicht: Aus einem halb verschütteten Keller kriechen drei Gestalten hustend und mit erhobenen Händen hervor. Dann wird mit Blendgranaten gearbeitet, und schon Sekunden spä-

ter sind die Männer überwältigt und mit Handschellen und Beinketten gesichert.

24.

Der große Verhörraum im Polizeirevier von Boulay-Moselle ist so voll wie wahrscheinlich noch
nie zuvor.

Im Raum befinden sich Commandant Mayer von
der Police Nationale, der örtliche Revierleiter,
der Commandant der CRS Truppe, Hauptkommissar Wagner, seine junge Kollegin Mareike
von der Polizeiinspektion Völklingen und ich.

Es wird diskutiert und beraten, wie man weiter
verfahren sollte. Dem örtlichen Revierleiter ist
die ganze Sache offensichtlich eine Nummer zu
groß, und die CRS möchte die Verdächtigen am
liebsten auf dem schnellsten Wege nach Paris
verfrachten, dann wäre der Fall für sie erledigt.
Mayer ist von dieser Lösung wenig begeistert.
Man merkt es ihm an. In seinem Kopf geht es
rund. Er ist ein erfahrener Ermittler, eine Spürnase, ein Jagdhund. Er will mehr wissen, will auch
an die Hintermänner.

Er fordert den Revierleiter auf, die Verhafteten
zum Verhör in den Raum zu führen, und fordert
alle anderen Personen auf, den Raum zu verlassen. Über das installierte Kamerasystem könnten wir ja seiner Befragung live beiwohnen.

Und so geschieht es. In einem Nebenraum sitzen wir vor einem Monitor. Mayer ist zu sehen.
Seine Jacke und die Krawatte hat er schon lan-

ge abgelegt. Die Ärmel seines Hemdes sind bis über die Ellbogen hochgekrempelt. Vor ihm steht ein großer Pott Kaffee.

Dann werden die drei Verdächtigen in den Raum geführt. Sofort erkenne ich einen der Männer wieder: Es ist dieselbe Person wie auf dem Foto aus dem Alma-Tunnel in Paris und der Aufnahme von der Mautstation Saint-Avold!
Die Verdächtigen tragen noch immer Handschellen und Beinketten. Zusätzlich werden sie an die Heizungsrohre gekettet. Ihnen gegenüber, hinter einem großen Tisch, sitzt Mayer. Links und rechts von ihm stehen zwei Schreibtischlampen, deren grelles Licht den drei Gestalten voll in die Gesichter scheint. Und dann geschieht erst mal nichts. Sie lesen richtig: Es passiert rein gar nichts, außer das Mayer die Männer mit einem seltsam starren Blick in deren Augen fixiert. Abwechselnd, Mann für Mann. Nicht enden wollend.

25.

Zur gleichen Zeit im Polizeipräsidium von Saarbrücken. Der Abteilungsleiter der Saarbrücker Bank und sein Mitarbeiter werden getrennt voneinander verhört. Sie waren ja in der vergangenen Nacht nach einem Unfall mit einer großen Bargeldsumme der Polizei aufgefallen. Der daraufhin sofort informierte Vorstand der Bank hat dann auch sogleich Anzeige gegen seine Mitarbeiter erstattet. Die Ermittler wollen herausfinden, was hinter dem geplanten Bargeldtransfer steckt.

Wiederum zur gleichen Zeit im Polizeipräsidium von Paris. Mayer hat so diskret es ihm möglich war einen befreundeten Beamten der Abteilung für interne Angelegenheiten informiert. Dieser Beamte berichtet nun dem Polizeipräsidenten über meine Verdächtigungen in Bezug auf Hauptkommissar Dalmasso. Der Polizeipräsident beschließt daraufhin, den französischen Geheimdienst DRS (Direction de la Surveillance du Territoire) hinzu zu ziehen. Man will Dalmasso überwachen, und das ist nur zielführend, wenn das durch externes Personal geschieht. Er ist schon seit Jahrzehnten Bulle in Paris und kennt praktisch jeden Kriminalbeamten der Stadt. Und er ist gut vernetzt. Gleichzeitung sollen Agenten des Geheimdienstes inkognito die Rue Mouffetard überwachen.

26.

Etwas später in Boulay-Moselle. Commandant Mayer sitzt noch immer mit den drei Verdächtigen im Verhörraum des Polizeireviers der verschlafenen kleinen lothringischen Stadt. Und noch immer starrt er ihnen unentwegt in die Augen. Ist der Mann jetzt irre? Oder ist es seine ganz eigene Art eines Verhörs? Eine Art psychologische Kriegsführung etwa?

Dann legt er endlich los. Immer und immer wieder stellt er den Verdächtigen nacheinander die immer gleichen Fragen: Wer sind ihre Auftraggeber? Wo soll das Geld hin? Was soll mit dem Geld geschehen?

Nach einer Weile lässt er zwei der drei Typen aus dem Raum bringen und verhört den verbliebenen Mann. Anschließend lässt er den Verhörten wieder wegbringen, und durch den nächsten ersetzen, dem er der wiederum die gleichen Fragen stellt. Es folgt der nächste Mann, und so weiter. So geht das nun schon seit Stunden. Mayer hat außerdem angeordnet, dass die Verdächtigen streng getrennt voneinander unterzubringen sind. Selbst kurze Begegnungen auf dem Gang seien unbedingt zu vermeiden. Außerdem hat er die Uhr im Verhörraum abhängen lassen und angeordnet, dass die Männer auch auf dem Gang oder in ihrer Zelle keine Möglichkeit haben, die aktuelle Uhrzeit zu erfahren. Die wachhabenden Beamten mussten sogar ihre eigenen Armbanduhren ablegen. Mir werden seine Ziele langsam klar: Der erfahrene und offensichtlich abgebrühte Ermittler will die drei Verdächtigen auseinander dividieren, und er will sie mürbe machen.

Gespannt verfolge ich mit Mareike und Wagner das ungewöhnliche Szenario.

„Wow, was für ein Wahnsinns-Bulle!" tönt es bewundernd aus Mareikes Mund. Wagner nickt nur zustimmend ohne ein Wort zu verlieren. Mein schnoddriger Kommentar zu dem ganzen Spektakel: „Der Kerl hat wirklich einen kalten Arsch, einen echt eiskalten Arsch! Das ist ein Profi!"

27.

Montag früh. In den Verhörzimmern in Saarbrücken und Boulay-Moselle wird die Luft immer stickiger. Die Ermittler in Saarbrücken haben den verdächtigen Bankiers angeboten, ein schnelles Geständnis positiv in den Akten zu berücksichtigen. Dies könnte bei einer Verurteilung die Haftstrafe signifikant verringern. Der Leiter der Abteilung für französische Immobilienprojekte packt schließlich aus, und was er aussagt, offenbart eine leider ebenso häufige wie erbärmliche Tatsache: Auf der Jagd nach ewigem Wachstum, durch die Gier nach immer höheren Profiten und durch die Sucht nach Gewinnmaximierung, werden irgendwann Grenzen überschritten. Dann werden Moral und Anstand - sofern sie denn jemals vorhanden waren - ganz schnell über Bord geworfen.

Moral und Anstand? Für solche Leute überflüssiger Ballast! Weg damit!

Dann geht sein Geständnis ins Detail.

Dieses Jahr finden in Paris die Olympischen Spiele statt, und man erwartet noch viel mehr Gäste aus aller Welt, vor allem viele junge Leute. Deshalb suchen international tätige Fast-Food Anbieter und Kaffeeketten Ladenlokale in guten Lagen von Paris. So geriet die Rue Mouffetard ins Visier der Bank in Saarbrücken. Man versuchte zunächst, mit großzügigen Summen an einige der dort befindlichen Läden zu kommen, um sie mit großen Gewinnen an die Konzerne weiterzuverkaufen. Allerdings wurden diese Angebote von den bisherigen Eigentümern stets abgelehnt. Die Leute in der Rue Mouffetard hängen viel zu sehr an ihren traditionellen Betrieben, und für Fast-Food-Konzerne haben sie meist ohnehin keinerlei Sympathien. Also musste die Taktik geändert werden. Einschüchterung der Ladeninhaber sollte das Rezept sein. Man wollte Menschen wie Marie Morel mit ihrem kleinen Fischladen in Angst und Schrecken versetzen und auf diese Weise zum Verkauf zwingen. Schnell waren über dubiose Kanäle ein paar kleinkriminelle Handlanger für diese schmutzigen „Dienstleistungen" gefunden. Und nicht nur das! Über einen käuflichen Informanten kam der Kontakt zu einen korrupten Beamten der Pariser Polizei zustande, nämlich zu Hauptkommissar Dalmasso! Denn es musste ja auch sichergestellt werden, dass die kriminellen Aktionen nicht aufgeklärt werden!

Währenddessen zeigt in Boulay-Moselle die zermürbende Taktik von Commandant Mayer erste Erfolge. Einer der drei Verdächtigen ist zusammengebrochen und bestätigt die Vermutung, dass er und seine Komplizen schon mehrfach als Geldboten gedient haben, und auch in der vergangenen Samstagnacht sollten sie wieder aktiv werden. Am verlassenen Kloster am Ortsrand von Bous sollte das kriminelle Trio Geld von Bankiers aus Saarbrücken übernehmen und

157

anschließend unbemerkt nach Paris bringen. Dort sollte dann das Geld an Hauptkommissar Dalmasso übergeben werden. Einen Teil des Geldes durften sie dann als Lohn behalten.

Jetzt wird aus verschiedenen Geschehnissen an verschiedenen Orten eine gemeinsame Geschichte. Teile eines Puzzles werden zu einem Bild, aus kleinen Fragmenten wird ein Mosaik.

Mayer setzt seine Verhöre unbeirrbar weiter fort, bis auch die anderen Verdächtigen ihre Geheimnisse preisgeben. Dadurch verfügt das Team von Ermittlern jetzt auch über Informationen über die Treffpunkte in Paris. Und die Verdächtigen sagen aus, dass sie Dalmasso noch nicht vorwarnen konnten. Der vereinbarte Übergabetermin sei zwar inzwischen verstrichen, aber Verzögerungen habe es immer wieder einmal gegeben.

Dann macht sich der ganze Tross aus Ermittlern mit den Verdächtigen und mit mir auf den Weg nach Paris. Dies geschieht sehr diskret, ohne die Pariser Polizei zu informieren. Nur der Polizeipräsident ist eingeweiht.

28.

Montag, am Spätnachmittag in Paris. Hauptkommissar Dalmasso hat eigentlich schon Feierabend, aber er ist noch mit seinem Dienstwagen unterwegs. Schon seit ein paar Stunden wird er diskret von Agenten des französischen Geheimdienstes DRS überwacht. Der Polizeipräsident von Paris hatte sich schon am Vortag zu diesem bisher einmaligen Schritt entschieden. Denn außer dem Verschwinden von Hafida will er ja auch noch den Mord an dem jungen Polizisten aufklären.

Sofort fällt den erfahrenen Agenten die Nervosität von Dalmasso auf. Seine Mimik und seine Körpersprache sind auffällig. Offensichtlich spürt der korrupte Beamte, dass irgendwas schief gelaufen sein könnte.

Dalmasso hält sich ständig in der Nähe des alten Friedhofs Cimetière du Montparnasse auf. Nur, was will er dort?

Dann trifft er einen anderen Mann, der mit einem Auto ankommt. Die Agenten kennen die Person nicht, aber die Überprüfung des Kennzeichens ergibt schnell, dass es sich um ein Dienstfahrzeug der Pariser Polizei handelt. Die Sache wird immer komplexer. Dalmasso und der Unbekannte unterhalten sich kurz, und der Unbekannte macht sich mit einem Rucksack zu Fuß auf den Weg. Es ist ein unauffälliger Rucksack, wie

Fahrradkuriere ihn oft benutzen. Einer der Agenten hängt sich an den Mann mit dem Rucksack, während die anderen Dalmasso, der die Örtlichkeit mit seinem Auto verlässt, weiter beobachten.

Dalmasso fährt nach Hause, und dann geschieht dort erst einmal nichts, zumindest nichts, was man von außen beobachten könnte.

Aber mit der Ruhe und Routine der Überwachung ist es schnell vorbei! Der Agent, der den Unbekannten beschatten sollte, hat seine Zielperson im Trubel der Großstadt verloren! Dafür konnte man die Person inzwischen identifizieren: Es handelt sich um einen Polizeibeamten aus der Abteilung von Hauptkommissar Dalmasso!

29.

Dienstagvormittag in Paris. Im Büro des Pariser Polizeipräsidenten wird es langsam etwas eng. Im Raum befinden sich außer dem Präsidenten selbst noch Commandant Mayer von der Police Nationale, der Einsatzleiter des CRS Sonderkommandos und ein Agent des Geheimdienstes DRS. Ich darf ebenfalls anwesend sein, was eher ungewöhnlich ist. Aber da ich viele Umstände und Details dieses ungewöhnlich komplexen Falles von Anfang an kenne, will man nicht auf meine Informationen und Einschätzungen verzichten. Allerdings wurde ich zur absoluten Verschwiegenheit verpflichtet. Selbst meine Chefredakteurin Hélène oder Hafidas Familie darf ich nicht kontaktieren, sonst bin ich raus!

Hauptkommissar Wagner und seine junge Kollegin Mareike von der Völklinger Polizei sind inzwischen wieder in das weitaus beschaulichere Saarland zurückgekehrt. Dort erhielten sie eine gute Nachricht: Der am Kloster in Bous angeschossene Beamte des SEK ist auf dem Wege der Besserung. Dank des schnellen nächtlichen Einsatzes von Dr. Thorben Nadler konnten schlimme Folgen vermieden werden. Die aufregenden Stunden werden Wagner und Mareike sicherlich nicht vergessen!

Im Büro des Polizeipräsidenten wird weiter intensiv diskutiert und beraten. Wohin ist der beschattete Polizist verschwunden? Sollte man Dalmasso sofort festnehmen, oder noch abwarten? Was ist mit Hafida? Es wird nachgedacht, kombiniert, phantasiert. Fast glaube ich schon, unsere Köpfe rauchen zu sehen, aber es ist nur die Zigarre des Polizeipräsidenten, die er sich zornig angezündet hat, während die Worte „Heute scheiß' ich auf das Nichtrauchergesetz!" seinen Mund verließen.

Ich starre auf den Stadtplan, auf das Gebiet, wo sich die Spur des Beschatteten verloren hat. Was will er am Cimetière du Montparnasse? Oder will er nebenan in das alte Gefängnis Paris-La Santé? Oder in den Bahnhof Denfert-Rochereau? Oder gar in die Katakomben Les Catacombes de Paris? Er ist förmlich verschwunden - wie vom Erdboden verschluckt!

„Natürlich, das ist es!" rufe ich spontan in den Raum.

Plötzlich ist es absolut still. Die Gespräche sind verstummt. Fragende Blicke treffen mich. Dann erläutere ich meinen Verdacht. Dazu muss man eine Besonderheit der Stadt Paris kennen, nämlich die vielen alten unterirdischen Kalksteinbrüche, die über viele Jahrhunderte auf der Suche nach Baumaterial entstanden sind. Es gibt sie im ganzen Stadtgebiet, unter dem Hügel von Montmartre, und ganz besonders auch hier, gleich neben dem Friedhof Cimetière du Montparnasse. Hier gibt es auch die weltweit bekannten Katakomben, in denen über Jahrhunderte hinweg die Gebeine der Verstorbenen der umliegenden Friedhöfe gesammelt und eingelagert wurden. Hier liegen in diversen Kammern, ordentlich sortiert und gestapelt, tausende von Schädeln, Beinknochen, Armknochen, massenweise kleine Knochen. Früher waren sie frei zugänglich, aber nachdem es immer wieder zu Beschädigungen und sogar zu Diebstählen kam, wurden sie abgesperrt, und es sind nur noch einige Bereiche tagsüber kontrolliert und gegen Eintrittsgeld zu besichtigen. Aber durch eine frühere Recherche weiß ich noch von einer anderen Möglichkeit, dort „unter die Erde" zu gelangen: Über Wartungsschächte in der Métro Station Denfert-Rochereau!

Der Polizeipräsident, der endlich wissen will, was da in seinen eigenen Reihen los ist, schlägt vor, nicht weiter abzuwarten. Sein Plan: Mit einem großen Team das ganze Areal um den Bahnhof herum über und unter der Erde abzusuchen. Zeitgleich will er Hauptkommissar Dalmasso festnehmen und zu den drei Geldboten in das geheime Hochsicherheitsgefängnis außerhalb der Stadt bringen lassen.

Der Einsatzleiter des Sonderkommandos und der Agent des Geheimdienstes DRS stimmen zu. Noch an diesem Abend soll es losgehen. Man will nur die Rush Hour abwarten, denn dann ist es am Bahnhof einfach viel zu voll. Das könnte die Situation noch unübersichtlicher ma-

chen und noch weitere Menschen in Gefahr bringen.

Der Eiffelturm, oder „La Dame de Fer"

30.

Dienstagabend, 19:28 Uhr, Paris, am Métro Bahnhof Denfert-Rochereau. Im breiten Mittelstreifen der Avenue René Coty, der einen schönen alten Baumbestand hat, machen es sich einige alte Clochards für die Nacht zurecht. Hundehalter drehen ihre Runden, verliebte Pärchen halten Händchen, ein kleiner heruntergekommener Drogendealer wartet auf seine Kundschaft. Das Licht der Abendsonne taucht die Szenerie in ein angenehmes, warmes Licht. Eigentlich alles ganz normal, könnte man meinen. Eigentlich.

Dann geht es los. Wie aus dem Nichts kommen von allen Seiten die blauen Kleinbusse der CRS. Blaulichter flackern überall, und aus den Fahrzeugen springen die CRS-Beamte. Sie sind in ganz Frankreich berühmt-berüchtigt. Man erkennt sie sofort an ihren blauen Overalls und den schweren Stiefeln. Und sie sind gefürchtet, denn wie ich bereits erwähnte: Diskussionen sind nicht ihre Kernkompetenz. Sie sind eher fürs Grobe da. In kürzester Zeit ist das ganze Areal abgesperrt. Niemand darf hier noch rein oder raus.

In der Zwischenzeit, im Bahnhof. Ich laufe, so schnell ich eben kann, mit Leuten vom Geheimdienst in einen der Métroschächte. Die Linie wurde gestoppt und die Stromschienen abgeschaltet. Ich will den Agenten zeigen, wo der alte Zugang in die Katakomben ist, in den Teil, der schon seit Jahren abgesperrt und unzugänglich sein sollte. Nach gut 150 Metern erreichen wir die mächtige alte Stahltür. Normalerweise müsste sie völlig zugestaubt sein, und das Messingschloss am Riegel verschlossen, aber dem ist nicht so. Deutlich sieht man Spuren von Handgriffen am Metall, und das Schloss ist offen! Hier war irgendjemand unterwegs, das ist nun klar. Aber wer? Unser Verdächtiger, oder doch nur ein paar Verrückte, die auf der Suche nach dem besonderen Kick die Totenruhe dieses Ortes stören?

Die Agenten gehen nun voran. Mit gezogenen Waffen öffnen sie vorsichtig die schwere Tür. Wir gehen hinein und lauschen erst einmal. Aber es nichts zu hören, und auch nichts zu sehen.

Also geht es in den Gang hinein. Für mich inzwischen eine wahre Tortour, denn seit einem Unfall leide ich unter Platzangst. Ich muss sie überwinden, und mache mir selbst Mut. Wir kommen an einer Wand aus menschlichen Schädeln vorbei. Es sind hunderte, nein, tausende! Im Licht der Taschenlampen erscheinen sie noch unheimlicher als ohnehin schon. Meine Phantasie versucht, mir böse Streiche zu spielen. Aus den dunklen Augenhöhlen scheinen mich unsichtbare Blicke zu treffen, aus den toten Mündern scheinen stumme Schreie zu kommen! Ich habe das Gefühl, verrückt zu werden! Ich, der unerschrockene investigative Super-Journalist, der sonst nie verlegen um einen coolen Spruch ist, mache mir fast in die Hose! Bloß nicht, bloß nicht, denke ich.

Dann plötzlich ein Geräusch. Ganz leise, kaum wahrnehmbar. Aber kein Licht. Es bleibt nichts anderes übrig, als sich diesem Geräusch zu nähern, ohne zu wissen was einen erwartet. Ein Schuss aus dem Nichts? Eine Verwundung oder gar der Tod? Egal, wir müssen jetzt dorthin. Inzwischen habe ich mich beruhigt. Beruhigende Atemtechniken kann ich in diesem Zusammenhang nur empfehlen.

Der vorausgehende Agent richtet den Lichtkegel seiner Taschenlampe in eine Nische zwischen den ganzen Knochen.

„Da ist jemand, da ist eine Frau!" ruft er uns zu. Noch ehe er etwas sagen oder tun kann, dränge ich mich hastig an ihm vorbei und hocke vor einer zierlichen Person. Und tatsächlich, da ist eine Frau! Ich sehe in zwei gerötete große Augen. Sie sehen unendlich müde aus, der Blick ist traurig und leer, aber ich erkenne diese Augen sofort. Vor mir kauert, umgeben von den Gebeinen tausender Menschen, der Mensch, den ich so sehr zu finden hoffte, nämlich Hafida!

„Kennen Sie die Person? Ist das die vermisste Polizistin?" fragt der Agent, während er sie von einer Fessel befreit.

„Ja, das ist Kommissarin Hafida Saidi von der

Pariser Polizei. Sie wird seit dem Unfall im Alma-Tunnel vermisst", antworte ich, während ich Hafida fest in meine Arme nehme. Sie zittert, und ich habe den Eindruck, jede ihrer Rippen zu spüren. Sicherlich hat sie an Gewicht verloren.

Dann geht alles schnell und routiniert, aber ich bekomme die Aktivitäten nur wie in Trance mit.

„Sie müssen sie loslassen, Monsieur Crawford!" sagt eine Stimme hinter mir.

„Was, wie bitte?" antworte ich, und drehe mich zu der Stimme um.

„Sie müssen sie loslassen, Monsieur Crawford. Ich bin Notarzt Dubois, und möchte Madame Saidi untersuchen", antwortet der Mann.

Sofort folge ich seiner Bitte. Für einen Moment war ich von meinen Emotionen überwältigt.

Während weitere Kräfte in die Katakomben nachrücken, um sie genau zu durchsuchen, begleite ich den Notarzt und die Sanitäter, die Hafida aus der grausigen Unterwelt tragen, die anscheinend tagelang ihr einsames Gefängnis war. Zur Schonung der Augen vor starken Lichtquellen hat man ihr eine dunkle Sonnenbrille aufgesetzt. Sie wird in einen Rettungswagen gebracht, und zur Sicherheit wird das Fahrzeug von Agenten eskortiert. Glücklicherweise darf ich mitfahren. Unser Ziel ist kein normales, öffentlich zugängliches Krankenhaus, sondern die Krankenstation eines Frauengefängnisses am Rande der Stadt. Man will auf Nummer sicher gehen. Niemand soll an sie herrankommen können, bis die Hintermänner der Verbrechen dingfest gemacht wurden. Presserummel soll ebenfalls solange es geht vermieden werden. Nachdem ich den Agenten versichert habe, nicht darüber zu berichten, bekomme ich die Genehmigung, bei ihr zu bleiben. Nach einigen zusätzlichen Umwegen erreichen wir die Haftanstalt. Man wollte sicher gehen, dass uns niemand gefolgt ist.

31.

Mittwochfrüh, 04:38 Uhr, nordöstlich von Paris, im Frauengefängnis des Départements Seine-Saint-Denis.

Ich sitze auf einem recht unbequemen Stuhl neben einem Krankenbett und glaube, jeden einzelnen meiner 212 Knochen zu spüren. Dass ich mal eine Nacht in einem Frauengefängnis verbringen würde, hätte ich im Traum nicht gedacht.

Hafida schläft noch. Sie bekommt Infusionen, um den Flüssigkeitsmangel auszugleichen und eine Nährlösung. Übermüdet und überglücklich zugleich schaue ich sie an.

Nach all den turbulenten Ereignissen und Erlebnissen der letzten Zeit ist die Stille in dem kleinen Krankenzimmer fast schon schwer zu ertragen. Zeit zu verschnaufen, Zeit etwas runterzukommen. Aber auch Zeit zum Nachdenken. Und so schaue Hafida an, wie sie so friedlich daliegt und schläft.

Schon seit einiger Zeit ist mir klar, dass ich für sie mehr als einfach nur Sympathie empfinde. Aber wie definiert man „mehr als Sympathie"? Ist das dann schlicht und einfach Liebe? Aber Liebe ist nicht gleich Liebe! Welche Art von Liebe ist es denn nun? Liebe ich Hafida, wie ein verliebter Mann eine Frau liebt? Gibt es eine körperliche

Komponente? Begehre ich nur ihren Körper, ja, habe ich schlicht und einfach nur Lust? Zu meiner eigenen Verblüffung stelle ich fest, dass es ein anderes Gefühl ist, ein Gefühl, dass nicht irgendwo unterhalb der Gürtellinie entsteht, sondern weiter oben! Mein Gefühl kommt mitten aus meinem Herzen! Es ist ein sehr warmes, ein fürsorgliches Gefühl. Ich selbst hatte nie eigene Kinder, und habe es auch nie vermisst, zumindest nicht bewusst. Mir wird nun klar: Ich liebe Hafida wie ein guter Vater seine Tochter liebt! Ich sage oft „man lernt nie aus". Wie wahr! Und anscheinend lernt man auch in Bezug auf die eigene Persönlichkeit nie aus, wenn man es zulässt. Verrückt! Dann falle ich in einen tiefen Schlaf.

32.

Mittwochmittag, 12:35 Uhr, Paris, Île de Cité, im Büro des Polizeipräsidenten.

Gemeinsam mit Commandant Mayer und den anderen Beteiligten der Aktion in den Katakomben sitze ich im repräsentativen Büro des Polizeichefs. Während ich einige Stunden bei Hafida verbracht habe, ist einiges geschehen. Der Versuch, Dalmasso festzunehmen, ist zunächst gescheitert. Man hat seine Wohnung umstellt und schließlich gestürmt, aber er war verschwunden. Jedoch wurde er kurze Zeit später am Flughafen Paris CDG (Charles-de-Gaules) verhaftet. Sicherheitskameras mit Gesichtserkennung haben ihn zuverlässig erkannt. Sein Ziel: Hongkong! Er wähnte sich schon in Sicherheit, da er die Ausreisekontrollen bereits mit einem gefälschten Reisepass hinter sich gelassen hatte. In seiner Tasche fand man nicht etwa ein Bündel Bargeld, sondern die Zugangsdaten zu anonymen Nummernkonten bei einer für Geldwäsche bekannten Privatbank in Hongkong! Die Nummern und Zugangscodes waren geschickt getarnt in Mappen mit angeblichen technischen Daten von Baumaschinen.

Auch der bis dahin noch unbekannte Mann mit dem Rucksack ist ins Netz gegangen. Allerdings nicht am Flughafen, sondern in einem Mietwagen an der Schweizer Grenze. Im Ersatzrad des Fahrzeuges fand man eine große Menge Bargeld! Inzwischen hat sich herausgestellt, dass er ebenfalls Polizist ist, und zwar im Team von Dalmasso.

Beide sitzen jetzt streng bewacht von CRS Leuten in Untersuchungszellen im Keller des Gebäudes, in dem wir uns gerade befinden. Und sie müssen lange und knallharte Verhöre über sich ergehen lassen.

Der Polizeipräsident beauftragt Commandant Mayer, die Verhöre der Männer zu übernehmen, was dieser mit einem breiten Grinsen quittiert. Sein Ruf als geschickter und unangenehmer Ermittler ist von Boulay-Moselle bis an die Seine gedrungen.

„Die Typen nehme ich mir mit Wonne ordentlich zur Brust", sagt Mayer, während er sich die Ärmel hochkrempelt und den Raum verlässt. Und ich darf jetzt endlich Hafidas Familie anrufen. Die absolute Geheimhaltung, die aus Sicherheitsgründen verfügt wurde, hat der Polizeichef aufgehoben. Und so erfolgt ein sehr emotionales, aber für die Familie sehr erleichterndes Telefonat. Schon kurz danach können sie kurz mit Hafida persönlich telefonieren.

Und ich werde autorisiert, einige Ergebnisse in Form eines kurzen Artikels in unserer Zeitung zu veröffentlichen. Exklusiv, brandheiß! Mein Journalistenherz pocht vor Aufregung. Sofort telefoniere ich mit meiner Chefredakteurin Hélène. Ich habe den Eindruck, dass sie vor Begeisterung fast platzt. Die Schlagzeile „Kriminalität in den Reihen der Pariser Polizei" schlägt ein wie eine Bombe.

33.

Mittwoch Nacht, 22:42 Uhr, Paris, Île de Cité, im Büro des Polizeipräsidenten.

Commandant Mayer hat die Runde vom Mittag wieder zusammen rufen lassen. Er möchte erste Resultate seiner Vernehmungen präsentieren.

Das Verhör von Dalmasso war nicht einfach. Der korrupte Hauptkommissar stellte sich als schwer zu knacken heraus. Aber der jüngere Polizist zeigte immer mehr Schwäche und Nervosität. Mayer witterte seine Chance. Er schilderte dem jungen Mann, was er als inhaftierter Polizist in einem Gefängnis zu erwarten hätte. Die meist überfüllten französischen Haftanstalten sind ohnehin berühmt berüchtigt, aber als Ex-Bulle dort einsitzen - das sei echt schlimm, erzählte er dem Mann mit finsterer und todernster Mine. Als dieser dann weinend zusammenbrach, bot Mayer ihm eine Kronzeugenregelung an.

Wenn er kooperieren und wahrheitsgemäß und vollständig gestehen würde, könnte das in den Akten vermerkt werden und seine Haftstrafe bei einer Urteilsfindung deutlich mindern.

Das was der Verdächtige dann zu Protokoll gegeben hat, deckt sich mit den Geständnissen des Saarbrücker Bankmanagers:

Der Bankier lässt über illegale Geldboten Bestechungsgeld an die Kontaktpersonen bei der Pariser Polizei überbringen. Federführend dabei ist Hauptkommissar Dalmasso. Dafür soll er die Ladeninhaber in den begehrten Immobilien in der Rue Mouffetard einschüchtern lassen, bis sie endlich an die Bank verkaufen.

Dann berichtet Mayer über weitere Ergebnisse seines Verhörs: Für diese Drecksarbeit habe Dalmasso gegen etwas Geld ein paar Kleinkriminelle engagiert, die ihm noch einen Gefallen schuldig waren. Diese Leute haben dann auch die Inhaber der Metzgerei belästigt und später sogar den Fischladen von Marie Morel in die Luft gesprengt. Die Ermittlungen sollte Dalmasso dann natürlich in die falsche Richtung lenken, nämlich zu den Jugendlichen in den Vorstädten. Das ging eine Weile gut, bis ein neu in Dalmassos Abteilung versetzter junger Beamter aus Nordfrankreich Verdacht schöpfte. Der Mann bemerkte auch rasch, dass Dalmasso seine junge Kollegin Hafida Saidi ständig schlecht machte und ihr Informationen vorenthielt. Und eben dieser junge Polizist wollte an dem Abend in dem kleinen Park auf Montmartre seine Information anonym an Hafida weitergeben. Bekanntermaßen endete dieser Versuch für den jungen Mann tödlich!

Im Raum ist es totenstill. Alle Anwesenden sind geschockt und wütend zugleich.

Dann fährt Mayer fort:

„Und der Todesschütze war Hauptkommissar Dalmasso persönlich!"

Dalmasso habe sich an diesem verhängnisvollen Abend von den Geldboten in deren Auto fahren lassen. Denen sei wahrscheinlich gar nicht bewusst gewesen, dass es an diesem Abend nicht nur um den Transport von etwas Schmiergeld ging, sondern um einen geplanten Mord.

Wieder ist es still im Raum. Wortlos kramt der Polizeipräsident aus seiner untersten Schreibtischschublade eine Flasche alten Calvados und ein paar Gläser heraus und schenkt ein. Nachdem sich alle einen Schluck des hochprozentigen Getränkes gegönnt haben, berichtet Mayer weiter. Nach dem Todesschuss auf den jungen Beamten wollte man auch Hafida und „den Schnüffler von der Presse" - also mich - eliminieren, was glücklicherweise nicht gelungen ist. Dann folgte der Fluchtversuch mit dem folgenschweren Unfall im Alma-Tunnel. In dem ganzen Chaos des Unfallgeschehens gelang es Dalmasso und seinen Helfern dann tatsächlich, Hafida aus dem Unfallfahrzeug zu zerren und zu entführen. Die Fahrerseite von Hafidas Auto war für die Überwachungskamera nicht sichtbar.

Dann versteckte man sie erst einmal in den Katakomben, um sie später bei passender Gelegenheit unbemerkt „entsorgen" zu können.

Nach ein paar Minuten kollektiven Schweigens

177

verlässt Mayer den Raum mit folgendem Satz:

„Und jetzt hole ich mir das Geständnis von Dalmasso. Diese alte Drecksau wird noch heute Nacht singen!"

Niemand zweifelt an diesen deutlichen Worten.

34.

Donnerstag, 11:00 Uhr, Pressekonferenz im Polizeipräsidium der Stadt Paris. Der Raum ist prall
gefüllt. In der ersten Reihe sitze ich mit meiner
Chefredakteurin Hélène und Edith Bruel vom regionalen Radiosender. Auch Marie Morel, deren
kleiner Fischladen in die Luft gejagt wurde, das
Ehepaar aus der Metzgerei sowie Hafidas Bruder Fazil sind anwesend. Ich hatte sie von den
Entwicklungen und der Pressekonferenz unterr-
ichtet.

Der Polizeipräsident informiert die anwesende
Presse über die Erkenntnisse in Sachen Rue
Mouffetard, dem damit zusammenhängenden
Mord an dem jungen Polizisten und der Entfüh-
rung von Hafida. Mehrfach geht ein erstauntes
Raunen durch den Raum. Und auch die Ver-
wicklung von Pariser Polizisten an diesen Verbrechen wird offen angesprochen und einge-
standen, was einige Empörung unter den Anwesenden verursacht. So etwas gab es in Paris
noch nie. Zu meiner großen Überraschung, und
natürlich zu meiner Freude, bedankte er sich öffentlich bei mir für die Mitarbeit und den Willen,
die Wahrheit ans Licht zu bringen. Dann findet
noch Erwähnung, dass der „Hauptangeklagte
Hauptkommissar D." vollständig geständig sei
und man den Geschädigten Geschäftsleuten in
der Rue Mouffetard dadurch Gegenüberstellun-
gen ersparen könne.

Nach Ende der Pressekonferenz lädt Fazil mich, Hélène und Commandant Mayer spontan zum Abendessen zu seiner Familie ein. Alle nehme die Einladung spontan an. Danach kann ich mich nur noch in aller Eile in Richtung Redaktion verabschieden, denn es gibt viel zu tun für die nächste Ausgabe unserer Zeitung.

35.

Donnerstag, 19:00 Uhr, vor meinem Appartement in der Rue du Château d´Eau. Eine dunkle Limousine biegt um die Ecke und hält vor mir an. Es ist Commandant Mayer. Er hatte angeboten Hélène und mich abzuholen, um dann gemeinsam raus nach Ivry-sur-Seine zu Hafidas Familie zu fahren.

Ich schaue aus dem Fenster und genieße ruhig und zufrieden die Fahrt durch das abendliche Paris. Schließlich kommen wir vor dem Haus der Familie Saidi an, und Fazil erwartet uns schon vor der Haustür. Neben ihm steht seine Schwester Hafidi. Er hält sie ganz fest im Arm, gerade so, als wolle er sie niemals wieder loslassen.

Mit einem „Merci, Ron!" begrüßt er mich, und danach Mayer und Hélène.

Anschliessend fällt mir Hafida um den Hals und drückt mich so kräftig, dass mir fast die Luft weg bleibt.

Als dann auch noch Madame Saidi mit Freudentränen in den Augen um die Ecke kommt und mich auch noch ausgiebig herzt und knuddelt, gibt es kein Halten mehr. Alle Anwesenden sind emotional extrem ergriffen, und selbst der abgebrühte Commandant Mayer muss das eine oder andere Tränchen der Rührung verdrücken.

Ist aber auch kein Wunder, oder?

Auf Hafidas Wunsch gedenken wir im Wohnzimmer der Familie in einer Schweigeminute des brutal ermordeten jungen Polizisten.

Dann geht es los. Wie nicht anders zu erwarten, hat Madame Saidi ein eine wunderbare Tajine zubereitet, und es wird reichlich geschlemmt, getrunken, und herzlich gelacht! Die überglückliche Familie hat ihre verloren geglaubte Tochter wiederbekommen.

Ich sitze gleich neben Hafida, und nach gut zwei Stunden fragt sie mich, ob ich nicht Lust hätte, ein paar Schritte gemeinsam mit ihr zu gehen. Ich stimme zu. Als wir den Raum verlassen, folgen uns einige fragende Blicke.

Es ist sehr angenehm, sich draußen zu bewegen. Die frische Luft tut gut. Auch Hafida genießt es, ihre Lungen nach dem Aufenthalt in den Katakomben mit der klaren Abendluft zu füllen. Dann geht es los:

Sie: „Ich muss Dir etwas sagen...".

Ich: „Und ich Dir auch".

Wir schauen uns einen Moment wortlos an.

Ich: „Fang Du an."

Sie: „Nein, fang Du an!"

Ich: „Typisch Frau!"

Sie: „Nun los!

Also fange ich, zunächst etwas umständlich, zu erzählen an. Ich erzähle ihr von meinen Gedanken über die Liebe, als ich an ihrem Krankenbett gesessen habe während sie schlief, von den unterschiedlichen Arten der Liebe, und schließlich von meinem starken Gefühl einer väterlichen und fürsorglichen Liebe ihr gegenüber.

Hafida ist erst einmal sprachlos. Ich blicke in zwei große Augen. Dann wird aus ihrem zunächst sehr erstaunten Gesichtsausdruck ein warmes und sehr glückliches Lächeln.

Hafida: „Das ist das Schönste, was ich jemals gehört habe!"

Anschließend beschreibt sie mir ihre Gefühle mir gegenüber, und es scheint mir, als würde wahrhaftig eine eigene Tochter zu mir sprechen. Es ist ganz offensichtlich so, wie wir am Anfang unserer ungewöhnlichen Geschichte einmal festgestellt haben: Wir sind eine Schicksalsgemeinschaft!

Zufrieden gehen wir zurück ins Haus ihrer Familie, und erneut treffen uns fragende Blicke. Was sie wohl gedacht haben? Unwillkürlich muss ich schmunzeln. Hafida berichtet schließlich von unserer Unterhaltung und befriedigt damit die durchaus verständliche Neugier.

Dann steht Monsieur Saidi auf, geht auf mich zu, nimmt mich in die Arme, und sagt sichtlich bewegt: „Willkommen in unserer Familie, Ronald Crawford!"

Schon wieder habe ich einen Kloß im Hals. Meine Antwort:

„Das ist das Schönste, was ich jemals gehört habe!"

Nachdem alle die erneut geflossenen Tränen der Rührung getrocknet haben, wird weiter gegessen, getrunken, gelacht.

Es ist dann auch schon nach Mitternacht, als Mayer, Hélène und ich den Heimweg nach Paris antreten. Mayer will zuerst Hélène vor ihrer Wohnung in Saint-Germain absetzen und dann mich an meinem Appartement im Nordosten der Stadt. Hélène jedoch bittet ihn, uns gemeinsam vor meiner Lieblingsbrasserie in der Rue du Faubourg Saint-Denis abzusetzen. Sie sei noch viel zu aufgekratzt von den Ereignissen des Tages und könne ohnehin noch nicht schlafen. Sie würde dann später mit einem Taxi nach Hause fahren. Etwas verwundert bin ich schon, denke mir aber nichts weiter dabei. Also fährt Mayer dem Boulevard Magenta hinauf und setzt uns vor der Brasserie ab. Wir bedanken uns, verabschieden uns herzlich von Commandant Mayer und betreten den Raum. Hinter dem Tresen steht - wie immer - André. Viele Gäste sind nicht mehr da.

„Bonsoir Madame, salut Ron", lautet seine wie immer knappe Begrüßung.
Ich setze mich mit Hélène an meinen Stammplatz vor dem Tresen und bestelle uns Kir Breton mit Cassis. Während André die Getränke zubereitet, schaut er immer wieder mal über seine Lesebrille hinweg zu meiner Begleitung herüber. Und der Anblick lohnt sich! Hélène trägt ein perfekt sitzendes petrolfarbenes Kostüm mit einem knielangen Rock, anthrazitfarbene Strümpfe und knallrote Schuhe mit mittelhohem Absatz. Durch den transparenten Stoff ihrer schlichten blütenweißen Bluse schimmert ein eleganter BH. Es könnte ein Modell von Lejaby sein. Ihre Haare hat sie zu einer Hochsteckfrisur mit einer Art Schnecke am Hinterkopf frisiert, und ihr Make-Up ist dezent und perfekt - wie immer.
Gekrönt wurde das Ganze durch den zarten und unaufdringlichen Duft eines eleganten Parfums.

Es gibt viel zu erzählen, und André staunt nicht schlecht über die Verbrechen und meine außergewöhnlichen Erlebnisse. Auch Hélène ist gut gelaunt und für ihre Verhältnisse ungewöhnlich gesprächig. Ich genieße es sehr, einmal etwas Zeit außerhalb des Redaktionsalltages mit ihr zu verbringen.

Inzwischen haben die letzten Gäste die kleine Brasserie verlassen, und während André ein paar Anekdoten zum Besten gibt, wird viel gelacht. Irgendwann zieht Hélène ihre Jacke aus und öffnet ihre Haare. Sie sieht einfach umwerfend aus. Intelligent, temperamentvoll und schön - wow, was für eine Mischung!

Es ist fast schon früher Morgen, als André uns höflich klar macht, dass er ja bald schon wieder die Brasserie öffnen muss, und vorher doch noch etwas Schlaf bräuchte.

Also verabschieden wir uns von ihm und gehen hinaus auf das Trottoir. Als ich dann mein Handy aus der Hosentasche krame, die Nummer des Taxidienstes wähle und just dabei bin, der Telefonistin die Adresse durchzugeben, nimmt mir Hélène das Gerät aus der Hand, und drückt auf das Symbol mit dem roten Telefon. Gespräch beendet.

Etwas überrascht schaue ich wortlos in ihre Augen, und sie in meine. Ihr Blick ist intensiv, und die Botschaft ist glasklar. Ich bin zwar vom Beruf her ein Mann der Worte, und Hélène ist eine Frau der Worte, aber manchmal ist Sprache komplett überflüssig, und Blicke oder Berührungen sagen mehr als tausend Worte!

Was dann im Morgengrauen in meinem kleinen Appartement unterm Dach geschieht, ist das Konzert zweier Seelen, das Ballett zweier Körper, zärtlich, achtsam, respektvoll, lustvoll - einfach perfekt. Und es hat uns gut getan. Richtig gut!

Übrigens: In Frankreich hat man für den Höhepunkt eine ganz spezielle Bezeichnung: „Le petit Mort" - der kleine Tod.

Die Stadt erwacht, und Hélène steht vor dem offenen Fenster meiner Mansarde. Sie trägt nur ihren Slip und die weiße Bluse vom Abend. Durch das warme Licht der aufgehenden Sonne zeichnen sich die Kurven ihres schönen Körpers durch den transparenten Stoff ab. Was für ein Bild! Schnell mache ich ein paar Schwarzweiß-Fotos mit meiner alten Spiegelreflexkamera. Es ist das letzte Bild in meiner Erinnerung an diesen frühen Morgen in Paris. Was für eine Frau! Was für eine Stadt! Paris - die Stadt der Liebe!

La vie est belle!

Ende.

Epilog.

Die Rue Mouffetard ist das geblieben, was sie seit Generationen war: Charmant und typisch französisch. Fast-Food-Ketten gibt es hier immer noch nicht, und auch keinen überteuerten Kaffee aus Pappbechern.

Der kleine Fischladen von Marie Morel wurde wieder originalgetreu renoviert, und auch die Metzgerei der Familie Lefebre ist noch da.

Der korrupte Hauptkommissar Dalmasso wurde in einem spektakulären Prozess zu lebenslanger Haft verurteilt, sein jüngerer Komplize kam durch die Kronzeugenregelung mit 18 Jahren Haftstrafe davon. Die geständigen Geldboten wurden bereits durch internationale Haftbefehle gesucht und an ihre Herkunftsländer ausgeliefert.

Der Prozess gegen die Bankmanager aus Saarbrücken dauert immer noch an und gestaltet sich sehr schwierig. Die Saarbrücker Staatsanwaltschaft muss sich durch ein internationales Geflecht von Geldschiebereien und Nummernkonten in Steuerparadiesen im Pazifischen Raum kämpfen. Es ist mit weiteren Verhaftungen in der Bankenbranche zu rechnen.

Zwischen Ronald Crawford und der Familie Saidi ist eine tiefe Freundschaft entstanden, und manchmal, zum Beispiel an schönen Frühlingstagen, sitzen drei Menschen vor einem Café an einem der kleinen Bistro-Tische in der Rue Mouffetard und genießen die Atmosphäre einer unvergleichlichen Stadt.

Die drei Menschen heißen Hafida, Hélène und Ronald.

Nur eine kleine Gedenktafel an der Fassade des Fischladens von Marie Morel erinnert an einen jungen Pariser Polizisten, der wegen der Geldgier und Korruption Anderer sein Leben verloren hat.

Fassade am Place Igor Strawinsky
mit Motiv von Jef Aérosol

Der Wasserturm auf Montmartre